KB018126

네 발 달린 도반들과 스님이
들려주는 생명 이야기

개,

똥,

승,

이 책은 환경과 나무 보호를 위해 재생지를 사용했습니다.
환경과 나무가 보호되어야 동물도 살 수 있습니다.

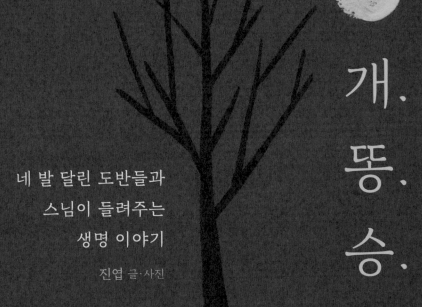

네 발 달린 도반들과
스님이 들려주는
생명 이야기

진엽 글·사진

개.
똥.
승.

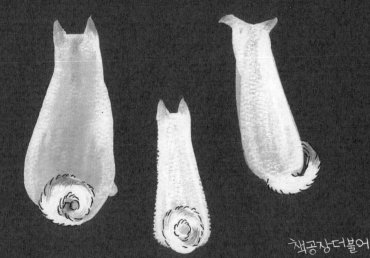

책공장더불어

저자
서문

걷는 모습도 위태로워 보이는 네 살 아이가 자기보다 작고 어린 강아지에게 돌을 던졌습니다. 이유가 무엇이었을까요.

옆에 있던 다른 아이는 그러면 안 된다고 말렸습니다. 이 아이는 또 어떤 마음이었을까요.

개들은 냄새 나는 동물이라고만 알고 있던 아이가 사람을 위해 일하는 개들을 보자 눈을 반짝였습니다. 아이는 무엇을 느꼈을까요.

안내견의 등을 쓰다듬던 아이가 지었던 환한 미소. 이런 순간 순간에 아이들이 성장하며 빛을 발하기를 진심으로 바랍니다.

나와 아이들 사이에는 백구 세 녀석, 안내견과 탐지견 그리고 식용견을 기르는 농장의 개들이 있었습니다. 또 어린이집 선생님들의 노력에 박수를 보내 주는 아이들의 부모님과 할머니, 할

아버지가 계셨습니다.

　내 부족한 글솜씨 때문에 아이들과 동물들의 아름다운 이야
기가 온전히 전달되지 못하면 어쩌나 걱정이 됩니다. 스님이 쓴
글에 대한 선입견이 있다면 내려놓으시고 아이들의 고운 마음
씨와 네 발 친구들의 사랑스러움을 담뿍 느끼시길 바랍니다.

차례

켜 주는 길고양이 | 무지개다리 너머… | 지금 이 순간 행복하고 평화
로울 것 | 해우소 앞 껌딱지 | 지금 해야 할 일이면 하고, 지금 해야 할
걱정이 아니라면 하지 않는다 | 사랑하는 사람은 못 만나서 괴
롭고, 미운 사람은 만나서 괴롭다 | 세수할 때 코를 만지는 것
처럼 | 삶과 죽음이 들숨과 날숨 사이에 있다 | 이렇게 천 년
만 년 | 누구나 손톱 밑에 가시가 박힌 채 산다 | 법정 스님이 들려준 임
제 선사 이야기 | 존재하는 모든 것은 사라진다

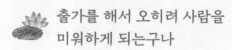

출가를 해서 오히려 사람을
미워하게 되는구나

출가를 결심하면서 가장 고민이 되었던 건 함께 살던 강아지 단
비와 은비였다. 내가 떠나면 돌봐 줄 사람이 없었기 때문이다.
그런데 다행히 개를 데리고 출가해도 된다고 했다.
단비와 은비도 함께 산중 생활을 시작했다. 나는 절에서, 단비
와 은비는 절 아래 농막에서. 새벽에 일어나 해가 진 뒤에야 행
자실로 들어갈 수 있는 행자 생활을 하느라 자주 찾아가 볼 수
는 없었다. 그저 잘 지내려니 했다.

그러던 어느 날 절 일을 봐 주시는 처사님이 개들이 차를 아주
잘 타더라고 말씀하시길래 '그렇지. 우리 단비, 은비가 차 타는
걸 좋아하지.' 생각하다가, 그걸 어떻게 아시냐고 물었더니 대
수롭지 않게 몇 달 전에 다른 데로 보냈다고 했다. 어디로 보냈
냐고 물으니 충주의 개 많이 기르는 집이라고 했다.
우리나라에서 다 큰 백구가, 개가 많은 곳으로 갔다면 갈 곳은

뻔했다. 차 탈 때 아이들은 나한테 오는 줄 알았을 텐데 낯선 곳이 얼마나 두려웠을까. 처음으로 스스로가 미웠다. 이미 돌이킬 수 없이 늦어 버렸는데도 남동생은 이후로도 오랫동안 아이들을 찾아다녔다.

그렇게 나는 단비, 은비와 이별했다. 내가 농막에 내려갔다 절로 돌아올 때면 쫓아오는 것을 내칠 수밖에 없었다. 그럴 때면 단비와 은비는 내려가다가 돌아보고 또 돌아보았다. 내가 본 아이들의 마지막 모습이다.

도대체 내가 왜 출가를 했을까. 출가해서 오히려 사람을 미워하게 되는구나 생각하니 그것 또한 괴로운 일이었다. 아픔은 없어져도 상처는 남는다고 길 가다가도 백구만 보면 밀려오는 슬픔에 눈시울이 붉어지곤 했다.

이후 승가대학교를 다니면서 매주 인천의 지선사에서 어린이 법회 법사를 했는데 그곳의 백구 명지랑 많이 친해졌다. 명지는 내가 초면에 쓰다듬고 궁둥이 두드리는 걸 허락해 주었다. 어느 날 명지는 여섯 마리 새끼를 낳았고, 그중 한 아이를 내가 데리고 왔다.

명지의 새끼 중에서 한 아이를 키우기로 했는데 내가 선택하기
보다는 그저 인연이 닿는 녀석이면 좋겠다고 생각했다. 그래서
제일 먼저 내게 뽀르르 달려오는 강아지를 안고 왔다. 그 아이가
선우다.

나중에 들으니 선우는 우리에게 보내기로 정한 강아지였다고.
세상에 우연은 없다는 말이 실감 났다. 우연을 가장한 필연.

또한 이 작은 강아지로 인해 내 삶이 이렇게 많이 달라질 줄 어
찌 알았을까.

선우를 데려오면서 함께 사는 내 친언니이자 사형(세속에서는 나
이가 많으면 언니라고 하지만 절에서는 먼저 출가했으면 나이에 상관없
이 사형이다)이 걱정되었다.

아니나 다를까, 선우가 오면서부터 개를 키우는 것에 대해 사형
과 의견충돌이 생겼다. 차를 마시면서 이야기하고 또 풀어 나가
는 고달픈 날들의 연속.

내 기억 속 우리 집에는 늘 강아지나 고양이가 있었다. 세 살 생
일 때 미역국을 방에서 바둑이랑 같이 먹었다고 들었으니 그때
도 집 안에서 동물과 같이 살았던 것이다. 그런데 어쩌면 저리
도 매정하게 구는지 모르겠다. 아니면 일부러 기억을 안 하는
것일까.

나그네의 외투를
벗기는 것은

우리가 기거하는 곳은 빛이 잘 들어오다 보니 선우가 여름에 뜨거울 것 같아서 햇빛을 피할 수 있는 가림막을 설치했다. 그런데 나갔다 온 사형이 보더니 당장 원상복구하란다. 어이가 없고 서러웠다. 사형의 수고를 덜어 주려고 일부러 사형이 법회에 간 사이에 혼자서 땀 뻘뻘 흘리면서 설치한 것인데.
별수 없이 가림막을 해체한 그날 밤 비가 왔다. 나가 보니 선우 집에 깔아 준 매트가 젖고 난리도 아니었다. 들이친 비에 우리 신발까지 다 젖었는데 사형 보라고 일부러 그냥 두었다.

나는 콘라트 로렌츠의 《인간, 개를 만나다》라는 책을 슬쩍 사형 근처에 놓아 두었다. 개가 어떤 습성을 갖고 있는지, 개와 인간이 어떤 관계인지 공부하기 좋은 책이기 때문이다. 그러고는 차를 마실 때 자연스럽게 이야기를 꺼냈다. 며칠 지나자 사형이 먼저 책 이야기를 꺼냈다. 옳거니, 책을 읽고 있구나.

며칠 후 사형이 외출했다가 뭔가 잔뜩 들고 오더니 가림막을 설치하기 시작했다. 개에 대한 선입견이 조금 사라진 것이다. 나그네의 외투를 벗기는 건 거센 바람이 아니라 따뜻한 해라는 말이 맞구나.

돌 던지는 아이와 말리는 아이

어린이집 아이들이 산책을 할 때면 꼭 우리가 머무는 곳에 들러서 선우와 인사를 한다. 생후 3개월짜리 강아지 선우도 꼬마들이 좋은지 연신 꼬리를 흔든다. 그런데 내가 안 보는 사이에 한 아이가 선우에게 돌을 던진 모양이었다. 다른 아이가 돌을 던지면 개가 아프다고 친구를 말리는 소리가 들렸다.

던지는 아이와 말리는 아이. 던지는 아이는 어떤 아이며 또 말리는 아이는 어떤 아이일까. 아이들이 떠난 후 아이가 던진 돌을 한참 동안 만져 보았다. 작은 돌멩이인데 내 마음에는 바윗돌이 쿵하고 내려앉는 기분이었다.

아이들의 마음은 하얀 도화지와 같아서 무엇이든 예쁘게 그리고 칠해 줄 수 있다. 나와 인연이 닿은 이 아이들의 마음에 어떤 그림을 그려 주어야 할까. 네 살 아이들에게 그들보다 약한 존재에 대한 사랑을 어떻게 이야기해 주어야 할까. 생명을 가진 모든 것들에 대한 사랑을 어떤 방식으로 풀어 나가야 할까.

하루 일과는 원래 무미건조하다

월요일부터 금요일까지는 강의를 들으러 학교에 가야 한다. 선우와 아침 산책을 할 때면 내가 없는 동안 심심하겠지만 잘 놀고 있으라고 끊임없이 대화한다. 하지만 선우는 내가 없는 동안 물도 마시지 않고 과자도 먹지 않는다.

돌아오면 선우의 화려한 환영 인사를 받고, 동네 한 바퀴 도는 것으로 우리의 하루 일과를 마무리한다. 참 무미건조하다.

주말도 함께 있는 시간이 조금 더 많을 뿐 다를 게 없다. 앞으로도 별반 다르지 않을 것이다. 선우와 좀 더 즐겁게 보낼 방법을 연구해 봐야겠다고 생각하지만 일상이라는 게 이것 말고 뭐가 또 있을까.

값진
선물

바깥놀이 나온 네 살 꼬마가 반갑게 배꼽
인사를 한다.
그러더니 얼른 뒤돌아 아장아장 걸어간다.
땅에 떨어진 꽃을 보더니 주워 들고 다시
내게 아장아장 걸어와 꽃을 건넨다.
세상에서 가장 값진 선물.

23

봄

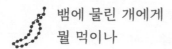 뱀에 물린 개에게
뭘 먹이나

초여름 저녁, 잘 놀던 선우가 깨갱하는 외마디 소리를 질러서
뛰어갔더니 한쪽 앞발을 들고 걷지도 못한다. 발이 금세 퉁퉁
부어올랐다. 주변 풀숲이 뱀이 많은 곳이라 유심히 살펴봤지만
뱀은 보이지 않았다. 근처에 24시간 운영하는 동물병원이 없어
서 일단 운동화 끈으로 물린 다리를 묶고 입으로 독을 빨아 빼
냈다.

뱀에 물렸을 때는 황탯국을 먹이면 좋다는데 스님인 내가 황태
를 살 수는 없었다. 다행히 어린이집 선생님이 구해다 주어서
끓여 먹이고 지켜보다가 새벽에 "선우야~" 하고 이름을 부르니
꼬리를 살랑살랑 흔드는 걸 보고 살았구나 싶었다.
뱀한테 물리고 난 뒤라 더 잘 먹어야 할 텐데 선우는 입맛이 없
는지 사료를 입에 대지도 않았다. 알아보니 웬만한 사료보다 직
접 만들어서 먹이는 게 좋다고 한다. 하긴 어릴 때 집에서 함께

살던 개와 고양이에게 엄마는 따뜻한 밥에 달걀국이나 북엇국을 말아 주셨다. 직접 만들어 주면 좋겠다는 생각이 들었지만 절에서 먹는 음식이라야 다 채식인데 이를 어찌하나.

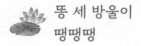 똥 세 방울이
땡땡땡

사형과 의논 끝에 선우에게 직접 음식을 만들어 주기로 했다.
나와 사형이 선우 일로 처음으로 의견 일치를 본 것이다. 살다
보면 이런 날도 온다.

날씨가 적당히 맑고 더운 기분 좋은 날, 사형이 선우 준다며 삶
은 달걀 세 개를 주섬주섬 가방에서 꺼낸다. 명지가 사는 절의
보살님들이 명지를 위해 달걀을 갖고 오셨는데 선우가 선물을
나눠 받았다.
나는 세 개나 먹었다가 배탈 나면 안 되니까 하루 한 개씩 삼 일
동안 주자고 하고, 사형은 그래도 세 개는 먹어야 간에 기별이
간다고 우긴다. 결국 달걀 세 개를 전부 밥그릇에 담아 주었다.
한 그릇 뚝딱 비운 선우. 만날 채소만 먹는 선우에게 얼마나 맛
있는 별식이었을까.

그날 새벽 자고 있는데 누가 툭툭 건드려서 눈을 뜨니 달빛에 끙끙거리는 선우가 보였다. 급한 모양이었다. 부랴부랴 일어나 밖으로 데리고 나갔다.

"푸득 푸득 푸드드득….."
배탈이 난 것이다. 이럴 줄 알았는데 이렇게 되었다.
그런데 하필 그때 개구리가 튀어 오르는 걸 본 선우가 개구리를 잡으려고 폴짝폴짝 뛰다가 자기 똥을 밟고 말았다. 한밤중 깜깜한 산속이라 아무것도 보이지 않는 상황에서 잠이 확 달아나는 고약한 냄새가 풀풀 풍겼다. 심지어 앗, 내 손에도 묻었다. 선우 발을 씻기고 똥이 묻은 목줄도 대강 빨아서 물에 담가 놓은 후 잠을 청했다.

아침이 되었는데 사형이 나를 부른다. 그런데 웃느라 정신이 없다.
"선우 이마에 저게 뭡니까? 누런 점이 땡땡땡 찍혀 있습니다."
세상에, 선우 이마에 똥 세 방울이 튀어 있다. 볼일 보는데 개구리가 뛰니 잡으려고 같이 뛴 것밖엔 없는 선우. 한 일이 없으니 야단칠 일도 없고 그저 웃을 수밖에.

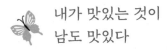

내가 맛있는 것이
남도 맛있다

선우 밥을 직접 만들면서부터 고기를 대신할 수 있는 것을 찾다
가 요구르트를 만들기 시작했는데 맛있게 먹는 선우를 보면서
뭔가 더 해 주고 싶어졌다. 그래서 요구르트에 각종 채소를 다
져서 얹었다. 호박, 당근, 파프리카, 데친 브로콜리… 그런데 채
소를 곁들이자 좋아하던 요구르트를 거부하는 게 아닌가.

선우와 산책을 하다가 텃밭에 심어진 무를 뽑아서 먹어 보니 연
한 것이 참 달았다. 나 한 입 선우 한 입. 선우도 잘 먹는다. 그
래서 무를 가져와서 다져 요구르트에 얹어 주었다. 선우가 한
입 먹더니 가만히 나를 쳐다본다. 맛있구나.

깨달았다. 사람 입에 맛있는 것이 선우에게도 맛있다는 걸. 내
게 맛있는 것이 남에게도 맛있다는 걸.

마음 나누기는
용기고 자부심이다

소풍은 언제나 잠을 설치게 하는가 보다. 어린이집 아이들이 안내견 학교로 견학을 간다는데 어른인 내가 왜 이리 설레고 신나는지. 김밥도 싸고 매실차도 챙겨 가방을 메고 안내견학교에 도착했다.

원래 미취학 아동은 견학을 할 수 없는 곳이지만 아이들에게 소개하고 싶은 마음을 간절히 전했더니 허락이 났다. 아이들의 하얀 도화지에 예쁜 밑그림을 그려 줄 수 있겠구나. 급하지 않게 천천히 아이들이 보고 느낄 수 있게 다가가야지.

견학을 다녀온 후 안내견학교 강아지 친구들을 위해 조그만 음악회를 열었다. 안내견을 위한 일종의 재능기부 행사였는데 선생님들이 아이들에게 재능기부에 대해서 알기 쉽게 설명해 주었다.

어른들이 보기엔 어설퍼도 어린이들에게 마음 나누기란 굉

장한 용기고 자부심일 것이다. 아이들 합창의 선율이, 율동의
손짓이 생명의 소중함을 알아가는 커다란 배의 노가 되기를.

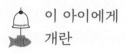

이 아이에게
개란

선우와 산책하다 소나기를 만났다. 마침 어린이집 아이들도 바깥놀이를 하다가 비를 피하고 있어서 선우를 데리고 아이들 있는 곳으로 다가갔다. 그때 한 아이가 코를 움켜쥐었다.

"아이~ 냄새!"
"무슨 냄새가 나는데?"
"개 냄새요."
"그래? 그게 어떤 냄새일까? 다른 친구들은 어떤 냄새가 나요?"
아이들이 이구동성으로 말한다.
"비 냄새요.", "흙냄새요."
"자, 우리 같이 숨을 크게 쉬어 보자."
그 아이도 머쓱한지 코를 막고 있던 손을 내리고 숨을 들이마신다. 그때 옆에 있던 친구가 말한다.

"얘네 할아버지네 집에 개 엄청 많아요. 개들이 높은 데 갇혀 있어요."

아이가 손으로 허공에 그림을 그려가면서 설명해 주는 것을 들으니 어떤 곳인지 짐작이 갔다. 공중에 뜬 견사에 사는 개 농장의 개. 식용으로 팔려 가는 곳의 개. 그러니까 이 아이가 본 개라고는 오물이 잔뜩 쌓여 있는 뜬장 안의 개, 냄새나고 지저분한 개뿐이었던 것이다. 아이가 개에 대해 잘못 알고 있는 건 다어른 탓이다, 어른 탓.

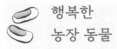 행복한
농장 동물

어린이집 아이들이 간식으로 삶은 달걀을 먹는 날엔 비린 냄새를 참기가 힘들다. 내가 먹지 않는 음식이라서 그런 건지, 내 코가 유별난 건지, 달걀이 원래 이렇게 비린내가 많이 나는지 알수가 없다.

달걀이 아이들의 식탁 위로 오기까지의 과정을 찾아봤다. A4용지 3분의 2 크기도 안 되는 공간에 갇혀 기계처럼 알을 낳는 닭들. 이랬구나. 달걀을 생산하는 닭의 삶이란 것이, 소와 돼지의 삶이, 다른 생명들의 삶이.

몰랐다. 내가 먹지 않고, 내가 입지 않는다고 귀는 열려 있었지만 들으려 하지 않았고, 눈은 뜨고 있었지만 보려 하지 않았다. 이렇게 아프고 힘든 동물들의 삶을 통해 얻은 것들이 아이들 몸속에서 약이 될 수 있을까.

운 좋게 공주 산자락에 사는 행복한 닭을 알게 되었다. 그곳은
닭이 본래 모습대로 나무 위에 올라가서 잠을 잘 수도 있는 곳이
었다. 항생제 주사 없이 자라는 행복한 돼지도 알게 되어서 멀
리 무안에서 고기를 공급받기로 했다.

우리 아이들은 행복한 음식을 먹을 권리가 있고, 나는 아이들
에게 그 권리를 찾아줘야 할 책임이 있다. 그것이 내가 어린
이집에서 아이들과 선우와 함께 살고 있는 이유이기도 하다.
덥고 추우면 닭의 산란율이 떨어져서 어린이집에 달걀을 보내
주지 못할 때가 있다. 주인아저씨는 미안해하지만 자연의 섭리
이니 괜찮다고 말씀 드린다. 자연과 조화롭게 살기 위해 조용히
노력하고 공부하는 분들이 존경스럽다.

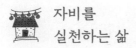 자비를
실천하는 삶

선우는 내리는 비를 보면서 무슨 생각을 할까.

나와 사형의 삶은 선우가 오기 전과 후로 명확히 나뉜다. 선우
를 만나기 전에는 채식을 하고 자비를 실천하는 사람들이라는
단답형 삶이었다.
선우와 살면서는 귀를 열어 더 많은 생명의 소리를 듣고, 눈을
떠서 다른 생명의 삶을 볼 수 있게 되었다. 그리고 그동안 내지
않던 주장도 목소리를 더 높여 말한다.

자비를 생각으로만 베푸는 게 아니라 자비를 실천하는 삶을 살
게 되었다.

생각이 많은 밤에는
쉽게 잠이 오지 않는다

도반(함께 불도를 수행하는 벗) 스님에게서 전화가 왔다.

"스님, 있잖아요. 마음에 걸리는 게 있는데…."

얼마 전 철장에 넣어진 채 오토바이에 실려 가는 개를 보았단다. 개와 눈이 마주쳤는데 그 눈빛이 잊히지가 않는다고…. 도반 스님이 어떤 마음이었을지 굳이 말하지 않아도 고스란히 느껴졌다.

'개장수에게 돈을 주고 데려왔어야 했을까, 같이 살 곳도 마땅치 않은데.' 등 여러 생각이 떠올라 심란했을 것이다. 나도 같은 고민을 했고, 많이 힘들었지만 가장 힘든 건 내가 해 줄 수 있는 게 없다는 점이다. 어떤 생명이든 소중하지 않은 생명이 어디 있을까. 생각이 많은 밤에는 쉽게 잠이 오지 않는다.

어느 보호소에서는 임신을 한 개가 안락사를 앞두고 있고, 어느 보호소에서는 어미 개가 출산을 했다는 소식을 듣곤 한다. 자원 봉사자들이 애타게 임시 보호처를 찾고, 안타까워서 발을 동동 구르는 모습들.

선우가 생후 6개월쯤 되었을 때 중성화수술을 해야 할까 며칠을 고민했다. 선우는 어떻게 생각할까, 건강상의 문제는 없을까도 고민했지만 현실적으로 수술비가 문제였다. 자발적인 가난한 수행자 형편이라 여윳돈이 없었다. 사형과 함께 오래 고민하다가 중성화수술을 시키지 않기로 결정했다. 태어나는 동물의 수가 줄어야 버려지거나 안락사로 죽는 동물의 수도 준다는 것은 알지만 어쩔 수 없는 선택이었다.

중성화수술은 하지 못하지만 선우의 새끼를 볼 생각은 없다. 선우가 나이 들어서 떠나면 유기동물 보호소에 있는 아이를 입양하기로 했다. 사형은 이왕이면 나이가 많아서 입양이 어려운 아이로 데려오자고 한다.

삶을 포기해 버린 것 같은 표정의 동물이 있는 유기동물 보호소. 그곳에도 희망은 있을 거라고 생각하는 반짝이는 눈빛들이 있다.

탑 위의
19금 고양이

고등어 무늬의 잘생긴 회색 고양이 문수. 문수는 노스님의 절에 있는 고양이다. 문수에게는 여자 친구가 있고 둘은 사랑에 빠져서 절에서 알콩달콩 사이좋게 지낸다.

그러던 어느 날 둘은 그만, 극락전 앞에 있는 탑 위에서 사랑을 나누는 장면을 들켜 버렸다. 그것도 노스님께. 야단법석이 났다.

"아이고, 망측해라. 이를 어쩐다니…. 문수야, 이 놈 문수야!"

문수는 그저 본능에 충실했을 뿐인데 노스님께서는 하필이면 탑 위에서 저런다고 질색을 하셨다. 결국 문수는 탑 위에서 사랑을 나눈 대가로 가정집에 입양을 가면서 여자 친구와 생이별을 해야 했다.

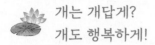
개는 개답게?
개도 행복하게!

선우와 살면서 선우의 삶과 나의 삶, 살아 있는 모든 생명에 대한 생각이 많아졌다.

어렸을 때 우리 동네에는 묶인 개가 없었다. 동네 아이들이 골목에 모이면 집개들도 함께 나와서 겅중겅중 뛰놀았다. 아이들은 모두 이웃집 개의 이름을 알았고, 우리 개, 남의 개 구분 없이 밥을 먹였다. 개들은 동네에서 놀다가 밤이 어둑해지면 집으로 돌아와 잠을 청했다. 개들은 늘 가족 곁에 있었다. 지금 생각해 보니 그것이 개들의 행복이 아니었을까 싶다. 가족이 되는 것.

최근의 반려동물 문화가 마뜩찮은 사람들은 개를 개답게 키우라고 말한다. 개를 마당에 묶은 채로 남은 밥이나 주면서 무관심하게 키우는 것이 개답게 키우는 것일까? 시골에 갈 때면 묶인 채 마당에 방치되어 있는 개들이 안타까워서 "추울 것 같은데요." 하면 "털 달린 짐승들은 괜찮아요."라는 말이 돌아온다.

입장 바꿔서 생각해 보라고 말하지 못하고 발길을 돌린 적이 여러 번이다.

선우가 우리에게 온 날 나는 오랜 고민 끝에 책상 옆에 선우 자리를 만들어 주었다. 마당 그늘막에서 키우려고 하다가 실내로 들인 것이다. 내 안의 북적거리고 시끄러웠던 것들이 조용히 가라앉았다. 잃어 버렸던 퍼즐 한 조각을 찾아 맞춘 기분이었다.

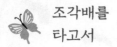 조각배를
타고서

어느 날 꿈에서 단비와 은비를 만났다. 두 아이의 흰털이 더 하얗게 빛나고 있었다. 조각배에 나란히 앉아서 나를 바라보며 천천히 강을 건너고 있었다. 너무나 반가워 손을 내밀었지만 손에 닿질 않아 애를 쓰다가 눈을 뜨고 말았다.

'이 녀석들… 떠났구나.'

눈물이 솟구쳐 올랐다. 사방이 캄캄한 새벽에 도량석(불교의식 중 하나로 새벽 예불을 하기 전에 목탁을 두드리며 경내를 도는 것. 고요한 새벽에 목탁 소리를 크게 내면 천지만물이 놀랄까 봐 작은 소리로 천천히 일어나라고 알려 주는 것이다)이 시작됐다. 흐르는 눈물에 작은 소리로 시작한 도량석 목탁 소리는 점점 커져 갔다.

멋진 자유연애를 했구나

선우에게 항상 이야기했다. 네가 인연이 되어서 절에 왔으니 독신으로 살다가 다음 생에는 좋은 곳에서 더 행복한 삶을 살라고. 선우가 듣거나 말거나 부처님 생애와 부처님의 아들인 라훌라 이야기도 해 준다. 라훌라는 부처님이 출가하기 전에 부인인 야소다라와의 사이에서 태어난 자녀다. 라훌라는 '장애'라는 뜻인데 아들의 출생이 부처님 당신의 출가에 장애가 되었다는 의미다. 내가 법문을 해 주면 선우는 눈을 끔뻑거리다가 잠들기일쑤지만 그래도 나는 꾸준히 한다.

그러던 어느 날 선우의 배가 유난히 불러 있었다. 가스가 찼나? 어디 아픈가? 사흘을 지켜보다가 병원에 데리고 갔다.

"축하드립니다. 여기 사진에 새끼 보이시죠?"

아뿔싸. 놀라서 선우에게 축하한다는 말도 하지 못했다. 마음을 추슬렀다. 지금 선우 뱃속에는 새끼가 여섯 마리 있고, 앞으로

선우의 배가 불러 오면 내가 할 일이 있을 것이다. 그러자 정신
이 번쩍 들었다. 그제야 나는 자는 선우를 보면서 슬며시 웃었
다. 멋진 자유연애를 했구나. 어쩌겠니. 네가 선택한 것이니 축
하한다.

스님의
태교

누가 들으면 웃을지도 모르겠지만 선우에게 태교를 시킨다. 뱀
도 잡지 말고 쥐도 잡지 말라고 이야기한다. 거미도 죽이지 말
고 개미도 죽이지 말라고 주절주절. 이런 내 모습이 재미있는지
사형은 소리 내어 웃는다.

47

《잡보장경》에는 덕 높은 아라한(완전해진 사람, 존재의 본질에 대
한 통찰을 얻어 열반 또는 깨달음에 이른 사람) 스님의 이야기가 나
온다. 스님은 동자승들을 가르치고 있었는데 어느 날 한 동자승
을 보니 이번 생과의 인연이 7일 뒤면 끊겨 목숨을 잃게 될 처
지였다. 스님은 동자승에게 열흘 간의 휴가를 다녀오라고 한다.
부모 곁에서 생을 마치게끔 하려는 배려였다.

고향으로 가던 동자승은 큰 비를 만난다. 산사태가 나고, 마을
이 온통 물바다가 되었다. 그때 짚더미 위에 얹혀서 떠내려 오

는 개미집을 본 동자승이 흙탕물 속으로 들어가 개미떼를 구한
다. 열흘 뒤에 동자승은 살아서 절로 돌아온다.

이야기를 전해 들은 스님은 개미를 구해 생명을 귀하게 여긴
인연으로 동자승의 수명이 이어졌음을 알고 기쁨을 감추지 못
한다.

이러니 내가 선우에게 살생하지 말라는 태교를 하지 않을 수 있
겠는가.

왜 자꾸
내 자신을 놓칠까

도량 청소를 하다가 죽은 쥐를 발견했다. 말라 있는 것으로 봐서 죽은 채 겨우내 있었던 모양이다. 묻어 준다는 걸 깜빡하고 며칠이 지났는데 사형이 쥐가 없어졌다며 혹시 선우가 먹은 게 아니냐고 묻는다. 나는 버럭 화를 냈다.

그러고는 쥐를 찾기 시작했다. 다시 살아나서 걸어갔을 리 만무하고 어디든 있을 것이다. 무슨 일인지 모르는 선우는 내가 뭔가를 찾으니 옆에서 열심히 따라다닌다. 곧 쥐 사체를 근처에서 찾았다.
화를 낸 것이 미안해졌다. 사형은 임신한 선우가 죽은 쥐를 먹었다면 영양소가 부족해서 그런 게 아닌지 묻고 싶었던 것인데 나는 말도 듣지 않고 화부터 낸 것이다.

요즘 왜 자꾸 내 자신을 놓칠까. 살다 보면 마음에 드는 일도 있고, 그렇지 않은 일도 있다. 좋은 사람이 있으면 싫은 사람도 있다. 그런데 뭔가를 계속 내게 맞추려고 한다.

그러면 안 되는데. 수행을 한다는 것이 무엇인가. 생각을 챙겨야 하는데 그 중요한 걸 번번이 놓친다.

우왕좌왕 좌충우돌
육남매 출산

선우가 계속 안절부절못하는 것을 보니 마침내 그 날이 왔다.
나도 호흡을 가다듬었다. 새벽 한 시 반, 선우가 산실 이불을 긁
어 대더니 낑낑거린다. 고통이 심한 듯한데 뭘 어떻게 해 줘야
하는지 모르겠다. 글로 본 것들이 생각나지 않아서 우왕좌왕하
는 사이 첫째가 태어났다.

그런데 첫째를 낳은 선우는 새끼는 그냥 둔 채 병아리 인형을
물고 돌아다녔다. 어이쿠. 나만큼 선우도 당황한 모양이다. 웃
을 수도 없었다. 선우야, 새끼에게 바로 초유를 먹여야 한다는
데 병아리 인형만 챙기면 어쩌니.

곧 선우는 사형 방으로 들어가서 이불 위에 둘째를 낳았다. 그
러고는 내 이불에 셋째. 돌아다니면서 출산하는 개가 있다길래
웃었는데 내 일이 되니 웃음은커녕 진땀이 났다.

선우가 다시 힘을 주기 시작하더니 넷째가 몸 밖으로 나왔는데
반만 나오고 멈추었다. 어찌해야 하나. 사람 도움이 필요할 때

가 있다는 게 이거구나. 넷째를 꺼내 막을 벗겨 주었다. 극세사 수건이 좋다길래 준비했는데 막상 해보니 물기를 흡수하지 못해 급하게 내 내복으로 닦은 후 탯줄을 잘랐다. 그러고 나니 다섯째가 나오고 있었다.

이제 선우도 나와 눈을 맞추며 때를 맞추려 했다. 그 순간 마음이 통했다는 생각에 눈물이 주르륵 흘렀다. 감동도 잠시, 여섯째가 나왔다. 출산을 다 마치고 선우는 곤하게 잠이 들었다.

나는 여섯 강아지와의 새로운 인연에 설레고 있었다.

우리가 스님이지
개가 스님은 아니지?

강아지들이 태어난 후 바쁜 일상이 시작되었다. 선우는 새끼를 잘 돌봤는데, 다만 새끼를 입으로 물어서 옮기지 못했다. 하지만 그게 뭐 대수랴.

선우는 볼일 볼 때 말고는 새끼들 옆에서 꼼짝도 하지 않았다. 젖을 먹이고, 배변을 시키고, 같이 자고. 젖 냄새 찾아온 강아지들을 코로 하나하나 확인한다. 한 녀석이라도 새끼가 보이지 않으면 우는데 그때 내가 출동해서 구석에서 버둥거리고 있는 새끼를 찾아 어미 앞에 데려다준다.

본래 어미젖을 먹으면 토실토실하던데 선우 새끼들은 작은 녀석도 있다. 사형은 젖이 부족한 것 같단다. 사람은 모유 잘 나오라고 돼지족발을 삶아서 준다는데 그걸 어디서 구하지? 구한들 어떻게 육식 요리를 해 주나. 사형에게 얘기하니 돌아오는 답은 미소와 함께 침묵뿐. 둘이 따뜻한 봄볕 아래 한동안 말없이 앉아 있었다. 얼마나 지났을까 사형이 입을 열었다.

"우리가 스님이지 선우가 스님은 아니지요?"

정신이 번쩍 들었다. 왜 내가 만든 잣대로 모든 것을 맞추려 했
을까. 나는 스님이기도 하지만 선우의 보호자이기도 하니 잘 보
살펴야 할 책임이 있다. 더 이상 고민할 게 없었다. 그러나 선우
는 돼지족발을 많이 먹지 못했다. 안 먹던 것이어서 그런지 조
금 먹고는 심한 설사를 했다. 산모 수발, 어렵구나.

꼭 딴 짓하는
아이들이 있다

새끼가 여섯 마리밖에 안 되는데도 꼭 혼자 따로 노는 녀석이
있다.
그래도 엄마는 싫은 내색 한 번 하지 않는다.
어디에나 꼭 딴청 피우는 아이가 있고 그게 정상이다.

누가
가르쳤을까?

강아지 뒷다리에 힘 생기라고 서서 젖을 먹인다.

누가 가르치지 않았는데도 엄마는 알아서 척척.

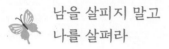

남을 살피지 말고
나를 살펴라

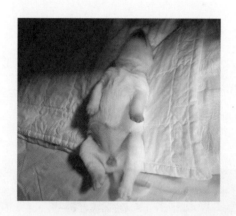

인터넷에 떠도는 귀여운 강아지 사진을 보면서 연출한 게 아닌
가 생각했다. 그런데 선우 새끼들을 보며 알았다. 진짜였구나.

우리는 많은 편견과 선입견을 갖고 산다. 그게 스스로를 괴롭히
는 것임을 알면서도 말이다. 가끔 그런 모습이 내게도 보일 때
깜짝 놀란다.

부처님께서도 남들의 모습과 남들이 한 일과 하지 못한 일을 살
피지 말고, 오로지 자신이 한 일과 하지 못한 일을 살피라고 하
셨는데 말이다. 이런 날이면 내 자신이 부끄러워진다.

이 아이들은 욕심이 뭔지 알까?

사람들의 욕심은 끝이 없다.

모든 것을 갖고 싶어 한다.

이불 펴고 자는 공간은 얼마 되지 않는데 큰 집을 몇 채씩 탐낸다.

빈 상자 좋다고 안고 자는 이 아이들이 훨씬 부자다.

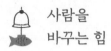 사람을
바꾸는 힘

새끼들이 태어나면서 많은 것이 달라졌다. 특히 사형의 삶에 큰
변화가 있었다. 사형은 사람과 개가 한 공간에서 사는 걸 도저
히 이해 못 하는 사람이어서 갑자기 불어난 식구인 선우와 새끼
들을 집 밖으로 옮길 계획을 치밀하게 짜고 있었다.

그러다가 결국은 실행에 옮겼는데 하필 그날 비가 왔다. 집에
서 쫓겨난 선우는 반항도 하지 않고 나를 물끄러미 쳐다만 보
고, 새끼들은 비를 맞아 축축한데도 밖에서 조용히 잠이 들었
다. 어느 정도 시간이 지났을까 열린 방문 틈으로 새끼들이 하
나둘 들어오더니 다섯 녀석이 방 안에 자리를 잡았다.

그런데 선우와 새끼 한 마리가 여전히 비를 맞으며 꼼짝도 하지
않았다. 그 모습을 지켜보던 사형의 얼굴이 복잡해지더니 결국
남은 새끼를 안고 들어왔다. 그러고는 선우를 안으로 불렀다.

사형의 삶은 그렇게 변하기 시작했다. 사람을 바꾸는 힘은 바로
'사랑'이라는 가장 부드러운 힘이다.

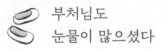 부처님도
눈물이 많으셨다

수행자는 감정 조절을 잘해야 하는데 나는 그걸 잘 못한다. 그
럴 때마다 내가 하는 말. 부처님도 눈물이 많으셨다.

새끼들은 젖을 떼고 이유식을 하면서 하루가 다르게 쑥쑥 자랐
다. 그 모습을 보며 이제 입양을 보내야 한다는 걸 느꼈다. 그런
데 함께 보내려고 준비한 것들이 채 도착하기도 전에 강토가 제
일 먼저 새로운 집으로 떠났다. 적어도 두 달은 어미 곁에 있어
야 한다고 생각했지만 좋은 가족에게 입양을 보내야 하니 내 고
집만 피울 수도 없었다.
강토가 떠나자 나는 서운하고 그리워서 눈물이 나는데 선우와
새끼들은 평소와 다름없이 잘 지냈다. 얼마 후 도반 스님이 다
른 세 녀석을 데리러 전주에서 올라왔다. 아이들이 쓰던 담요랑
인형이랑 챙겨 주고 보니 세 녀석은 차 안에서 장난치고 노느라
정신이 없다.

휑한 집에서 선우와 남은 두 녀석은 덤덤하니 잘 노는데 북적거
리던 거실에서 달랑 두 녀석이 포개어 잠든 모습을 보자 나는
눈물이 왈칵 쏟아졌다. 출가할 때도 흘리지 않았던 눈물이다.
그때 부모님 마음이 지금의 나와 같으셨을까.

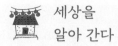 세상을
알아 간다

말캉한 발바닥에 굳은살이 생기면서 세상을 알아 간다.

누구나 살아가기에 그다지 평화롭지 않은 세상.

새로운 곳에서 삶을 시작할 때마다 사랑하고 사랑받을 줄만, 행복할 줄만 알면 좋겠다.

인연을 최선을 다해
아름답게 만들어 가기

육남매 중에 덩치가 가장 작고 약한 딸 둘은 엄마랑 함께 살게
되었다.

성악가처럼 멋스럽게 짖는 녀석에게는 오페라, 며칠 동안 설사
를 하는 바람에 뼈만 앙상해져 파란 해골 13호라는 별명으로 불
렸던 녀석에게는 파랑이라는 이름을 지어 주었다.

인연은 억지로 되는 게 아니다.
가는 인연도 오는 인연도.

그리고 맺어진 인연에 대해서는 최선을 다해 아름답게 만들어
가면 된다.

이런
속임수

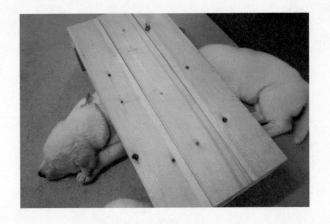

오페라가 많이 컸다고 생각했다.

그런데 다시 보니 두 녀석이다.

우리가 경계해야 하는 일이다.

슬쩍 보고 판단하거나 단정 짓는 것.

인생이나 견생이나
어차피 혼자

심심하지?

하늘 봤다가 먼 산 봤다가 땅바닥에서 뒹굴다가.

인생이나 견생이나 어차피 혼자 아니겠니.

혼자서도 즐거운 법을 터득해 보자구나.

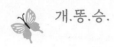 개.똥.승.

아침 공양을 마치면 똥 봉투를 들고 하루 일과를 시작한다.

보물찾기를 하는 냥 마당 이곳저곳에서 개똥을 찾는다.

찾은 똥을 살피면서 아이들 건강 상태를 가늠한다.

누가 속이 안 좋은지, 누가 변비인지 알아보는데, 신기하게도

딱 보면 누구 똥인지 알 수 있다. 이건 선우 똥, 이건 파랑이 똥,

이건 오페라 똥.

사형이 '개똥 줍는 스님'이라고 놀린다.

그 말이 싫지 않다.

개똥을 줍는 스님.

개.똥.승.

똑같은 생명의 무게

아이들과 산책을 할 때 가지 않는 길이 있다. 그 길에는 뜬장에 갇힌 백구들이 죽을 날을 기다리는 개 농장이 있다. 선우와 산책을 하다가 그곳에 간 적이 있는데 우리를 발견한 백구들이 일제히 짖었다. 반갑다는 것일까. 같이 놀고 싶다는 것일까. 뜬장도 자기 집이라고 지키려는 것일까. 그날 이후 선우는 산책을 갈 때마다 그쪽으로는 고개도 돌리지 않고 외면한다.

부처님의 전생담이다.

어느 날 자비심이 지극한 왕에게 비둘기 한 마리가 비명을 지르며 날아든다. 뒤이어 비둘기를 쫓던 매가 나타나더니 자신의 먹이니 내어 달라고 한다. 왕은 부처가 되려고 사원을 세울 때 모든 중생을 구하겠다고 결심했으니 내어 줄 수 없다고 한다.

그러자 매는 왜 자기에게는 자비를 베풀지 않느냐며 먹이를 빼앗지 말라고 한다. 왕은 다른 목숨을 죽게 할 수 없으니 차라리

자기 몸을 내어 주겠다며 다리 살을 잘라 매에게 준다.

그런데 매는 비둘기와 똑같은 무게의 살덩이를 요구했다. 왕이 자신의 살과 비둘기를 저울에 달아 보니 비둘기가 훨씬 무거웠다. 그래서 다리 살을 더 베었지만 여전히 비둘기가 무거웠고 엉덩이, 가슴살까지 다 베었다. 그래도 안 되자 결국 왕이 저울에 올라갔다. 그제야 저울은 수평을 이루었다. 생명의 무게는 인간이나 비둘기나 똑같다는 가르침을 주는 이야기다.

말 못 하는 생명이라고 아무렇지 않게 살생하는 세상에서 우리의 삶은 무사할 수 있을까. 나의 생명을 존중받으려면 먼저 다른 생명을 존중해야 한다. 생명의 무게는 똑같기 때문이다.

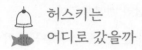

허스키는
어디로 갔을까

시골 동네의 아침은 어느 집의 결혼이나 어르신 효도잔치 등을
알리는 이장님의 아침 방송으로 열린다. 가끔 이장님의 실수로
귀를 찢는 '삐~~~' 소리와 함께 사이렌이 울려 퍼지기도 한다.
그날은 이장님의 아침 방송이 난리도 아니었다. 마이크가 꺼졌
다 켜졌다.

'삐~~~, 왜앵왜앵~~.'

혼자 킥킥거리며 웃고 있는데 난리통에 길 건넛집 마당에 사는
허스키가 울기 시작했다.

'워우~~~ 워우~~~.'

허스키의 우는 소리를 귀엽다며 듣고 있다가 퍼뜩 걱정이 들었
다. 어르신들은 개가 울면 집안에 나쁜 일이 생긴다며 좋아하지
않는데…. 아니나 다를까 며칠 후 그 집 마당에 허스키 대신 다
른 개가 있다. 허스키는 어디로 갔을까.

힘 좀 있다고
싫은 걸 강요하다니

따뜻한 봄날, 겨우내 추위를 막아 준 털을 벗기려 빗질을 시작
했다. 선우와 오페라는 모범적인 자세로 빗질에 응했지만 파랑
이는 빗만 보면 도망가는 아이다. 그래서 싫은 건 강요하지 않
는다는 내 원칙에 따라 파랑이의 빗질은 포기했다. 그런데 오늘
은 웬일로 햇볕을 쬐고 있는 내 앞에 파랑이가 살포시 와서 앉
는 게 아닌가. 나는 너무나 기뻤다.
사실 파랑이는 생후 7개월쯤부터 나를 경계했는데 그날 그 사
건 이후부터다.

파랑이는 엄마와 오페라에 이어 꼴찌로 산책을 나가니 기다리
는 게 싫었는지, 줄이 마음에 안 드는지 산책을 나갈 때마다 나
와 실랑이를 벌였다. 어느 더운 여름 날 이런 실랑이에 나도 슬
슬 짜증이 올라왔다. 그래서 빨리 데리고 산책을 나가려고 번쩍
안아 올렸다. 그런데 그 순간 내 마음을 파랑이가 알아차렸다.

내가 힘이 좀 있다고 자기를 함부로 했다는 걸.

미안했다. 나가기 싫어하면 그냥 두면 될걸. 후회가 되었다. 그
날 이후로 파랑이는 나를 경계하고, 만지려고 하면 휙 가 버렸
다. 내가 잘못한 일이니 기다려야 했다.

그런 파랑이가 지금 내 앞에 얌전히 앉아 있다니. 밀려오는 기
쁨과 감동. 살살 빗질을 해 주니 파랑이가 편하게 엎드리는 모
습에 내 입꼬리가 자꾸만 눈꼬리와 가까워진다.

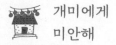 개미에게
미안해

파릇파릇 새싹이 돋아나는 계절에는 마당의 풀도 쑥쑥 자란다. 이럴 때 풀을 매야 하는데 호미가 아니라 가위를 사용한다. 개미 때문이다.

호미를 써서 풀을 뿌리째 뽑으면 개미집이 다 드러난다. 하루아침에 집이 와장창 무너져 우왕좌왕하는 개미들을 보면 도대체 내가 무슨 짓을 한 건가 싶다. 얼른 흙을 토닥여 덮어 주긴 하지만 그때마다 개미에게 정말 미안하다.

그래서 꽃이 피면 씨가 다 날아간 다음에 가위로 살살 다듬어 준다. 잔디밭에서 민들레랑 개미들이랑 함께 살게 해 주기.

유부 꿩의 어깨가
얼마나 무거울까?

절 옆에 전원주택 단지는 분양이 되지 않는지 터만 닦아 놓은 채 그대로다. 그러다 보니 인적이 없어서 야생동물이 살기에 안성맞춤이다. 봄이면 꿩이 새끼를 데리고 와서 한참을 놀다 간다. 깃털이 잘생긴 것을 보니 장끼다. 자식이 있으니 유부 꿩이라 부를까, 아빠 꿩이라 부를까 하다가 유부 꿩이라 부르기로 했다.

유부 꿩이 새끼들을 데리고 봄나들이를 오는 게 팔 년째다. 그때마다 새끼들이 다칠까 봐 두리번거리며 살피는 유부 꿩의 모습이 대견하다. 돌아가신 우리 아버지도, 누군가의 아버지도 유부 꿩 못지않게 자식들을 보살필 텐데 그 어깨가 얼마나 무거울까.

살아 있는 생명에 자비심이 없는 사람이면
그를 천한 사람으로 아십시오

화를 내고 원한을 품으며

악독하고 시기심이 많고

소견이 그릇되어 속이길 잘 한다면

그를 천한 사람으로 아십시오.

한 번 생겨나는 것이건 두 번 생겨나는 것이건

이 세상에 있는 생명을 해치고

살아 있는 생명에 자비심이 없는 사람이면

그를 천한 사람으로 아십시오.

남을 화나게 하고, 이기적이고 악의적이고

인색하고, 거짓을 일삼고

부끄러움과 창피함을 모르는 사람이면

그를 천한 사람으로 아십시오.

여름

날 때부터 천한 사람인 것이 아니고,

태어나면서 바라문인 것도 아니오.

행위에 의해서 천한 사람도 되고,

행위에 의해서 바라문도 되는 것이오.

《숫타니파타》

네 발 달린
도반

내가 법당을 다녀와도, 잠깐 해우소에 다녀와도 선우 가족은 마

치 십 년 만에 만난 것처럼 꼬리를 흔들고 뽀뽀를 해댄다.

누가 나를 보고 이렇게 심장을 두근거려 주겠는가.

열 번이면 열 번, 스무 번이면 스무 번 마음을 다해 반겨 주는

네 발 달린 도반들.

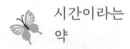 시간이라는
약

파랑이 새끼손톱이 부러졌다. 설상가상 손등도 어디서 다쳐 왔
다. 가만 보니 손톱은 피가 나지만 지혈만 하면 괜찮을 듯하고,
손등은 약을 발라도 핥아서 소용이 없을 것 같아 그냥 두고 지
켜보았다. 3일 후 부러진 손톱은 저절로 떨어져 나갔고, 손등은
일주일 정도 지나니 아물었다.

흰둥이들 주치의로서 가장 중요한 것은 호들갑 떨지 않기, 스트
레스 주지 않기, 무심한 듯 꼼꼼히 살펴보기. 심한 상처면 병원
으로 달려가지만 웬만한 상처는 시간이라는 약이 치료해 준다.

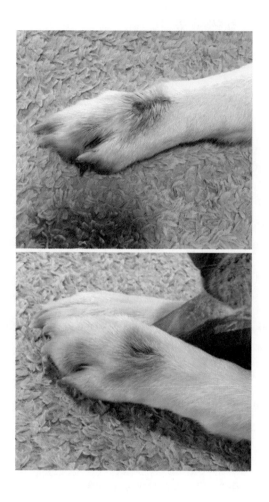

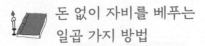

돈 없이 자비를 베푸는
일곱 가지 방법

어떤 사람이 부처님을 찾아가 호소하였다.

"저는 하는 일마다 제대로 되는 게 없으니 이유가 뭘까요?"

"그것은 당신이 남에게 베풀지 않기 때문이다."

"저는 아무것도 가진 게 없는 빈털터리입니다. 줄 것이 있어야
베풀지요."

그러자 부처님은 재산이 없더라도 줄 수 있는 것이 있다며 다음
의 일곱 가지를 행하면 행운이 따를 것이라고 알려 주었다.

첫째, 얼굴에 화색을 띠고 부드럽고 정다운 얼굴로 남을 대하기.

둘째, 말로써 얼마든지 베풀 수 있으니 사랑의 말, 칭찬의 말,
위로의 말, 격려의 말, 양보의 말, 부드러운 말 하기.

셋째, 마음의 문을 열고 따뜻한 마음을 주기.

넷째, 호의를 담은 눈으로 상대를 바라보기.

다섯째, 남의 짐을 들어 주거나 일을 돕는 등 몸으로 남을 돕기.

여섯째, 때와 장소에 맞게 자리를 내주어 양보하기.

일곱째, 굳이 묻지 않고 상대의 속을 헤아려 알아서 도와주기.

《잡보장경》에 나오는 말로 무재칠보시無財七報施라고 한다. 돈이 있어야만 좋은 일을 할 수 있는 것은 아니다. 지하철에서 서 있기 힘든 분에게 자리를 양보하거나 배고픈 길고양이에게 밥을 주는 캣맘의 모습을 흐뭇하게 바라보는 것, 밥을 준 길고양이가 배부르게 밥을 먹는 모습을 뿌듯하게 바라보는 것, 신나서 산책을 나가는 개의 모습을 기쁘게 바라보는 것도 모두 보시다. 돈 없이도 베풀 수 있는 게 많다니 얼마나 좋은가. 통장에 적립금을 쌓듯 덕을 쌓아 보자.

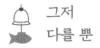

그저
다를 뿐

선우는 과일을 좋아한다. 오페라와 파랑이는 누룽지를 좋아한
다. 오페라는 큰 모양의 누룽지를 좋아하고 파랑이는 한 입에
쏙 들어가게 잘라 줘야 좋아한다.

선우는 봉제 인형을 좋아하고 파랑이는 조그만 삑삑이 인형을
좋아한다. 오페라는 나뭇가지를 가장 좋아한다.

오페라는 다른 형제들과 달리 태어난 지 무려 4년 만에 꼬리 흔
들기를 터득하면서 느리게 살기를 몸소 실천 중이다.

이처럼 세 녀석이 모두 성격과 취향이 다른데 그렇다고 다투거
나 부딪치는 일은 없다. 그저 다를 뿐.

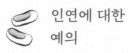 인연에 대한
예의

억지로 만들지 않은 인연. 이렇게 온 인연에 대한 예의. 서로에게 강요하지 않고 더도 덜도 아닌 중간을 지키기. 스님 둘과 털옷 입은 네 발 달린 도반 셋, 이렇게 다섯의 대중이 살아가기. 네 발의 도반들에게 지혜를 일러 주고 불살생을 가르치기가 수월하지는 않지만 서로서로 배려해 가며 배운다. 네 발 달린 도반들을 무지개다리 건너로 보내게 될 때도 처음 만났을 때와 같은 마음으로 보낼 수 있기를.

머리 큰 선우는
꼭 걸린다

내가 책상에 앉아 있는 시간이 길어지면 지루함에 지친 파랑이
가 책상 아래로 슬쩍 와서 얼굴을 들이민다. 내가 쳐다보지 않
으면 손으로 다리를 툭 건드린다. 그래도 안 되면 내 다리를 긁
거나 두 손을 가지런히 모으고 뚫어지게 바라본다. 별수 없이
한참 배를 쓰다듬어 주면 만족스러운 듯 옆자리로 간다.
다음은 오페라다. 책상 밑에서 머리를 쏙 내미는 오페라.
"스님 뭐 하고 있잖아. 아직 산책 시간 아니니까 기다려야지."
잠시 후 엄마 선우도 똑같이 장난을 친다. 선우는 내가 일을 마
쳐야 나간다는 걸 알면서도 꼭 동참한다. 그런데 선우의 머리가
크다 보니 꼭 중간에 걸린다. 나는 일부러 비키지 않고 선우의
중간에 걸린 머리를 모른 척 막고 있는다.
이러다 보면 어느새 산책 시간이다.

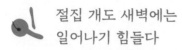

절집 개도 새벽에는
일어나기 힘들다

새벽 예불을 마치고 요사채로 내려오면 선우랑 오페라는 깜깜
한 거실에 앉아서 나를 기다리고 있다.

그런데 파랑이는 이불 속으로 더 들어가 버린다.

"파랑아~ 이제 일어나야지."

여러 번 외쳐도 꿈쩍 안 한다.

선우가 들어와도 요지부동이다.

오페라가 파랑이가 숨은 이불을 홱 걷어 버린다.

아침에 일어나기 힘든 건 개나 사람이나 마찬가지다.

새벽 예불을 함께 보는 개 이야기는 TV에나 나오는 이야기다.

기생충이
눈치챌까 봐

동학사 치문반 시절 저녁 입선이 끝난 후 칠판에 적혀 있는 '과
자 먹는 날!'. 과자 먹는 날? 옆자리 스님에게 물어봐도 모른단
다. 차례로 가서 과자 드시라고 하길래 가보니 구충제가 탑처럼
쌓여 있다. 몸속의 기생충이 눈치챌까 봐 기생충 약을 '과자'라
고 부르는 것이었다.

파랑이의
덧셈 뺄셈

파랑이가 자기 개 껌을 오페라 옆에 놓고 오페라 껌을 가져간다.

오페라는 파랑이가 놓고 간 껌을 씹는다.

잠시 후 파랑이가 오더니 오페라에게 아까 자기가 놓고 간 껌을

달라고 한다.

그러면 착한 오페라는 파랑이에게 껌을 준다.

결국 개 껌은 다 파랑이 것이 된다.

파랑이의 웃긴 계산 방법이다.

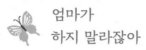 엄마가
하지 말라잖아

신난다

달리기 시합에서 파랑이가 오페라를 이기는 유일한 계절이 겨울이다.
조금만 달려도 힘들어하는 파랑이가 눈밭에서는 날아다닌다.
뛰다가 목이 마르면 눈을 마구 먹는다.
달려라 달려!

그러거나 말거나 선우는 신났다.
이리저리 뛰다가 눈을 이불 삼아 깔고 앉아 껌 삼매경에 빠졌다.
추워도 추위를 잊을 만큼, 더워도 더위를 잊을 만큼 열심히 마음을 닦아서 꼭 성불하거라.

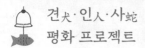

견犬·인人·사蛇
평화 프로젝트

선우가 마당에서 놀다가 뛰어 들어와 물을 한 사발 들이키더니
뭔가 자랑할 것이 있는지 표정이 예사롭지 않다. 선우가 웃길래
같이 웃어 주고 마당에 나갔다가 기절할 뻔했다. 뱀 한 마리가
정신이 쏙 빠졌는지 도망갈 생각도 못하고 바닥에 널브러져 있
는 게 아닌가.
뱀도 나를 보면 놀라겠지만 미안하게도 나는 뱀을 볼 때마다 너
무 놀란다. 그래서 마주치지 않으면 좋으련만 선우가 자꾸만 물
어다 놓는다. 그러면 뱀은 죽은 척하다가 선우가 방심하는 사이
에 줄행랑을 치곤 한다.

뱀을 살짝 들어서 풀숲에 놓아 주며 시간 약속을 했다. 너희들
이 비늘 말리러 나오는 시간에는 개들을 마당에 못 나가게 할
테니 너희도 돌아가서 정해진 시간에만 나오기로 회의를 좀 하
라고.

그래서 개와 뱀의 평화를 위한 프로젝트를 만들었다. 일명 견犬·
인人·사蛇 프로젝트. 서로 원한 맺지 말라고 시작한 일이다. 개
는 아주 규칙적으로 살고, 뱀도 거의 정해진 시간에 볕을 쬐러
나오니 시간 조정을 해 준 것이다. 어차피 뱀이 나오는 시간은
볕이 강할 때여서 개가 잘 나가려고 하지 않는 시간이다. 이렇
게만 된다면 세계평화도 문제없을 것 같았다.

프로젝트가 잘 진행되던 어느 날, 위기의 순간이 닥쳐왔다. 오페라가 무언가 하늘로 던졌다. 내 눈에는 밧줄처럼 보였다. 잠시 후 선우가 슬렁슬렁 걸어가더니 그냥 돌아온다. 아이들이 돌아온 뒤 가서 보니 밧줄이 아니라 꽤 큰 뱀이었다. 풀숲으로 옮겨 놓으려고 집게로 들었는데 그 순간 뱀이 더 이상 죽은 척 못하겠는지 꼬리를 살짝 움직였다. 뱀이 꿈틀하자 갑자기 선우의 눈빛이 바뀌더니 뱀을 향해 뛰어올랐다. 뱀은 꿈틀꿈틀, 개는 껑충껑충, 나는 놀라서 팔을 벌리고 뱅글뱅글. 멀리서 이 모습을 바라보던 사형은 눈물을 흘리면서 배를 잡고 웃고.

우리 프로젝트에 따르면 뱀이 나오는 시간이 아닌데 아무래도 이 뱀이 아직 소식을 전해 듣지 못한 모양이다. 프로젝트는 이때 단 한 번 위기를 맞았을 뿐 이후 아무 문제 없이 잘 유지되고 있다.

우리 모두 잠깐
지구에 놀러 왔다

잔디 한가운데서 국화 한 송이가 자란다.

국화 무리에 있어야 국화지 잔디 속에 혼자 있으니 잔디에게는

국화가 잡초다.

그런데 잔디는 국화가 거슬린다고 내치지 않고 그냥 같이 잘

큰다.

민들레도 예쁘고, 꽃을 피워 내는 이름 모르는 잡풀도 가만가만

보면 저마다 예쁘다.

땅을 밟고 사는 나나 풀꽃이나 다른 게 뭐가 있을까.

모두 잠깐 지구에 놀러 와서 사는 것인데.

아주 작은 변화에도
많은 시간이 필요하다

문제가 생겼을 때 고민하다가 답이 나오지 않으면 오래전에 배운 《치문경훈》(중국 역대 고승들이 후학들에게 교훈이 될 만한 글을 모은 책)의 한 구절을 생각한다.

"중생은 그 근기와 욕망의 품성이 서로 다르기에…."

사람들이 동물을 대하는 방식을 보면 끔찍할 때가 많다. 그럴 때마다 답이 보이지 않아서 절망한다. 하지만 사람이 다 다르기에 시간이 걸리겠지만 옳은 일에는 반드시 좋은 결과가 따를 거라는 희망의 끈을 놓지 말자고 다짐한다.

인간은 아주 작은 변화를 받아들이는 데도 시간이 오래 걸린다. 그러니 동물들에게 고통스러워도 조금 더 기다려 달라고 잘 설명해야 한다. 당장 언제라고는 말할 수 없지만 분명 언젠가는 사람들이 더 많은 생명을 존중하는 세상이 올 것이다.

 위패를
적는다

하안거(음력 4월 15일에서 7월 15일까지 삼 개월 동안 스님들이 한곳에 모여 수행하는 것)입제와 동시에 위패(죽은 이의 이름을 적은 나무패)를 적기 시작한다.

길에서 살다가 길에서 삶을 마친 고양이, 나갈 길을 찾지 못해 도로 위에서 삶을 마친 고라니, 농장 개로 태어나 땅 한 번 밟아보지 못하고 뜬장에서 삶을 마친 누렁이….

한 장 한 장 적으며 부디 힘든 세상 다시 태어나지 말라고 당부한다.

인연

내 곁에 옹기종기 모여 기대어 자고 있는 셋을 보면서 생각한다. 우리는 어떤 인연으로 만나게 되었을까. 진정한 출가가 무엇인지 돌아보며 나를 찾을 수 있게 도와주고 있는 네 발 달린 도반.

"오는 인연 막지 않고, 가는 인연 잡지 않는다."

스님들이 하는 말 중 가장 마음에 드는 것이다.

불교에서 속세와 인연을 끊는다는 건 재물, 명예 등 속세 사람의 욕심을 버린다는 것이지 결코 세상과의 단절을 의미하는 것이 아니다. 종교는 사람과 더불어 있어야 아픈 마음도 달래 주고, 어두워 길을 찾지 못하는 이에게 등불도 켜 줄 수 있다.

인연은 피한다고 피할 수 있는 게 아니다. 좋은 인연이라고 너무 좋아하지도, 좋지 않은 인연이라고 싫어하지도 않다 보면 요동치던 마음에 어느 순간 평화가 찾아온다.

개는 바다가 보고 싶다고
말하지 않았다

가끔씩 깜짝 놀란다. 흰둥이들은 더할 나위 없이 잘 지내고 있
는데 종종 내 생각이 양념으로 보태어진다.

선우, 파랑이, 오페라 가운데 아무도 내게 바다를 보고 싶다고
말하지 않았다.
그런데 나는 스스로 생각을 만들어 내서 바다를 보여 주지 못해
미안해한다.

이어지는 여러 가지 생각의 조각들.
이게 바로 쓸데없는 망상이다.

 평상심

배고프면 밥 먹고,
피곤하면 자고,
목마르면 물 마시고.

 더딘 게 아니라
정상 속도다

아직 털갈이 시기가 아닌데 파랑이가 털을 풀풀 날리며 옷을 갈
아입는다. 빗질을 해 주면 편한 자세로 누워서 즐기다가 한쪽이
거의 끝나간다 싶으면 알아서 자세를 고쳐 눕는다.

혼자 웃는다. 도대체 어떻게 알고 돌아눕는 건지.

파랑이는 강아지 털에서 어른 개의 털로 갈아입는 중인데 오페
라는 파랑이보다 성장이 조금 느리다. 어금니도 파랑이보다 작
다. 파랑이와 오페라 둘 다 아주 천천히 성장 중이다.

더디면 어떤가. 남과 비교하지 않으면 그게 정상 속도다.

메뚜기
방생

어린이집이 산 근처에 있다 보니 메뚜기, 뱀, 반딧불이를 쉽게
만날 수 있다. 복도에서 만난 아이가 손에 생수병을 들고 뭔가
골똘히 생각하는 철학자의 얼굴을 하고 있다. 병 속에 들어 있
는 것이 메뚜기냐고 묻자 고개를 끄덕인다. 어디로 가는 건지
물었다.

"선생님이 메뚜기 엄마 아빠가 애기 메뚜기가 없어진 걸 알면
얼마나 슬프겠냐고 해서요. 애기 메뚜기는 엄마 아빠가 얼마나
보고 싶겠냐고 그래가지고요…."
아이의 얼굴은 정말 심각했다.
"그래서 집에 가라고 메뚜기 놓아주러 가는 거예요? 어떻게 그
런 멋진 생각을 했을까요."

내 말에 어두웠던 아이의 표정이 금세 환해졌다. 이래서 아이들

을 천진불이라고 하나 보다. 아이들과 함께 지내다 보면 부처님
말씀이 새록새록 떠오른다.

그들을 내 몸과 비교해 보아라. 산 생명을 죽여서는 안
된다. 또 남을 시켜 죽이게 해서도 안 된다.

《숫타니파타》

어린이집 아이들에게 선생님은 절대적인 존재다. 아이들에게
예쁜 마음을 키워 주는 선생님도, 선생님의 예쁜 마음씨를 닮아
가는 아이들도 다 예쁘다. 이 아이가 커서도 이 마음을 기억할
수 있길 바란다.

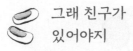 그래 친구가
있어야지

유독 파랑이를 좋아하는 어린이집 아이가 내게 달려오더니 파

랑이 안부를 묻는다.

"파랑이는 잘 있어요? 파랑이는 노는 날에 뭐해요?"

갑자기 물으니 파랑이가 노는 날에 뭘 하는지 생각나지 않았다.

질문이 너무 어렵다. 다음에는 어떤 질문을 할지 슬슬 긴장이

되었다.

"파랑이는 친구 있어요?"

파랑이는 친구는 없고 가족이랑 같이 산다고 대답했다.

"친구가 있어야지요. 파랑이는 친구가 없으니까 내가 친구 해

줄래요. 파랑이한테 꼭 전해 주세요."

아이는 신신당부를 하고 총총걸음으로 교실로 들어갔다. 그래

맞다. 가족은 가족이고 친구가 있어야지.

 동물원

어렸을 적 나의 가장 큰 불만은 동물원에 가지 못하는 것이었
다. 친구들이 동물원에서 호랑이, 사자를 보고 왔다고 하면 그
렇게 부러울 수가 없었다. 그래서 아버지에게 우리는 왜 동물원
에 가지 않느냐고 물었다.

"밖에서 우리 집이 훤히 다 들여다보여서 밥 먹는 것도 사람들
이 다 보고 그러면 기분이 어떨까? 호랑이하고 사자는 넓은 데
서 살아야 하는데 동물원 우리에 갇혀 산다면 기분이 좋을까?
동물원에 돈을 주고 가면 점점 더 많은 동물들이 불쌍해지는 거
야."

어린 마음에도 그 말을 듣고 나니 동물원에 가면 동물들이 더
불쌍해질 것 같았다. 그 옛날 부모님은 어떻게 그런 생각을 하
셨을까?

채식을 고민하는 건
이미 생명을 보시한 것이다

"채식을 하고 싶은데 너무 어려워요."

이렇게 말하는 사람들에게 채식을 제대로 하라고 강권하지 않는다. 채식을 마음먹고, 스스로 그런 생각을 한 것만으로도 대단한 일이기 때문이다. 천천히 조금씩 바꾸면 된다. 억지로 하면 남들은 하는데 나는 왜 못하는지 자책하거나 쉽게 포기하기 때문이다.

채식을 해야겠다고 생각한 것은 다른 생명을 보호하려는 자비심을 낸 것이기에 이미 생명을 보시한 것이나 다름이 없다. 내 목숨이 소중한 만큼 다른 생명도 소중히 여기는 마음, 그 마음부터가 시작이다.

식탁 위에 있는 고기 한 점이 어떻게 여기까지 왔는지, 동물들이 어떻게 살다가 죽어 갔는지, 죽는 순간 얼마나 큰 두려움을 품었을지 생각해 보고 그 생명이 나와 다르지 않음을 알아차리는 일이 채식의 시작이다. 그런 사람들이 조금씩 많아지면 좋겠다.

가을

마음의 짐을
끌어안고 사는 사람들

세간과 출세간, 사람 사는 곳은 어디나 별반 다를 것이 없다. 절에서의 생활도 거의 비슷하게 이어진다. 예불 드리고, 법회를 보고. 그런데 물론 기도도, 예불도 중요하지만 내가 생각하는 불교는 이것만이 아닌 것 같다.

절을 찾아와 기도를 하고, 삼천 배, 만 배를 하고, 법당에 앉아서 하염없이 눈물을 떨구고, 승진이나 사업에 실패해서 어깨가 축 처지고, 눈물을 보이며 속 이야기를 꺼내 놓고 가는 분들이 많다. 얼마나 많은 사람들이 혼자서 마음의 짐을 끌어안고 살아가고 있을까.

불안한 사람들의 마음을 다독이고, 슬픔을 덜어 주고, 따뜻하게 보듬어 주는 것. 이것이 내가 생각하는 종교다.

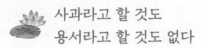 사과라고 할 것도
용서라고 할 것도 없다

파랑이랑 선우가 야단스럽게 놀다가 선우 얼굴에 상처가 났다.
둘 다 씩씩거리면서 숨을 고르고 있다. 나는 웬만해서는 아이들
일에 관여하지 않는다. 그런데 선우는 좀 아픈 모양이다.

가만히 지켜보고 있는데 파랑이가 미안한 표정이다. 그러더니
벌떡 일어나 선우에게 다가가 꼬리를 흔들면서 얼굴을 핥는다.
그리고 끝.

둘이 언제 그랬냐는 듯 다시 신나게 뛰어논다. 사과라고 할 것
도 용서라고 할 것도 없다.

나도 좀
보여 줘요

이른 아침 산딸기 몇 개를 따서 손에 쥐고 오니 흰둥이들이 보여 달라고 난리다. 먹을 것도 아니면서 궁금한 것은 절대 못 참는다. 킁킁거리면서 실컷 냄새를 맡더니 별거 아니라는 듯 셋이다 휙 가 버린다.

 살살살
깔깔깔

동학사 강원에서 가지치기 울력(사찰에서 승려들이 모두 함께 힘을
합해서 일을 하는 것)이 있기 전날 도반 스님의 말.

"사람들이 막무가내로 잎을 따면 나무들이 무서워서 손이 가까
이만 가도 부들부들 떤대요. 그런데 먼저 '이발해 줄게.'라고 얘
기한 다음에 잎을 따고 가지치기를 하면 간지러워서 웃는대요.
그러니까 가지치기하기 전에 꼭 미리 얘기하셔야 해요."

그 후부터는 가지치기를 할 때마다 먼저 나무에게 말한다.

"예쁘게 이발해 줄게."

이렇게 얘기하고 가지치기를 하고 난 후 나뭇가지를 살살살 털
어 주면 깔깔깔 웃는 소리가 들리는 듯하다.

숨을 들이쉬면
내쉬어야 한다

논이 메워지고 주택가가 들어서면서 작은 시골동네인 우리 마을에 개 농장이 다 없어졌다. 개발 때문이 아니라 농장주 스스로 더 이상 이런 일은 하지 말아야겠다는 깨달음 덕분이었으면 더 좋았을 텐데.

미래는 아무도 모른다. 지금 어떤 삶을 사느냐에 따라 미래가 결정된다. 봄이 가면 여름이 오고, 여름이 가면 가을이 오고, 가을과 겨울이 지나면 다시 봄이 오는 것처럼 숨을 들이쉬면 내쉬어야 한다.

세상만사는 얽혀 있다. 홀로 생기는 일이 없다. 죄를 지은 사람은 대가를 치를 것이다. 누가 벌을 주는 게 아니라 자기가 한 일이라서 자기가 받는 것이다. 선한 일을 한 사람은 그만큼의 대가를 받을 것이다. 괜찮다고 사양해도 받을 건 받게 되어 있다.

악한 일을 한 사람에게는 악의 열매가 달리고, 선한 일을 한 사람에게는 선의 열매가 달린다. 다만, 열매가 무르익을 때까지는 시간이 걸린다. 얼마나 걸릴지는 아무도 모른다. 그 열매를 당사자가 받을 수도 있고, 자식이 받을 수도 있다.

누구나 폭력을 무서워한다.
모든 존재에게 삶은 사랑스럽기 때문이다.

그들 속에서 너 자신을 인식하라.
피롭히지도 말고 죽이지도 말라.

《법구경》

어머니의 기도

어머니께 전화를 할 때마다 기도를 하신단다. 대체 무슨 기도를 하루 종일 하시는 걸까.

"우리 스님들 위해서 기도해야지요, 도반 스님들 기도도 해야지요, 어린이집 선생님들 기도도 해야지요, 어린이집 애기들 기도도 해야지요, 선우하고 파랑이랑 오페라 기도도 해야지요, 엊그제 텔레비전에 불쌍한 동물들 나오던데 걔들 기도도 해야지요, 밥 먹으러 오는 고양이들 기도도 해야지요."

어느 날은 새끼 멧돼지들 기도를 하신단다.
"새끼 멧돼지들은 왜요?"
"동네 고구마 밭을 멧돼지들이 망가뜨려 놨대요, 글쎄. 그런데 고구마 밭주인이 멧돼지도 먹고 사람도 먹는 거라고 말하는데 고맙지 뭐예요. 어미 따라 내려온 새끼들이 얼마나 배가 고팠겠

어요. 고구마 밭주인도 고맙고 그래서….”

어머니는 온 지구에 사는 모두를 위해서 기도를 하시는 듯하다.

“저녁 공양은 하셨어요? 힘들지 않으세요?”

“아니요, 하나도 안 힘들어요. 그저 약속이죠, 뭐. 저녁은 이 기도 마치고 해야지요.”

“누구하고 기도하기로 약속하셨어요?”

“아휴, 그냥 부처님하고 저하고 한 약속이에요.”

어머니는 하루 종일 기도를 하시는 것 같은데, 기도의 대상이 갈수록 는다. 친할머니는 새벽이면 장독대에 정화수를 떠 놓고 비셨고, 외증조할머니는 절에 가시기 전에 쌀을 한 톨 한 톨 골라서 반 토막 나지 않은 옹근 쌀만 부처님 전에 놓고 오셨다고 한다.

젊은 세대가 아는 불교와 어르신들의 불교는 사뭇 다르다. 어르신들에게 사성제, 팔정도, 십이연기 등의 단어는 낯설다. 조심스럽게 다음 생에 태어나시고 싶은지 물었다.

“안 태어날래요. 계속 부처님 곁에 살게 해 달라고 기도해야지요.”

어머니께 혜안이 열리게 해 달라고 기도하시라고 말씀드렸더

니 그러시겠다고 한다. 뵐 때마다 불교에 대해 쉽게 설명을 드
리지만 여든을 앞둔 분에게 어려울 것 같아서 말을 줄인다.

어머니셨던 세상의 모든 분들을,
어머니신 세상의 모든 분들을,
어머니가 되실 세상의 모든 분들을 사랑합니다.

그게
그거다

싸움은 어리석은 사람들이나 하는 거다.

둘 다 똑같으니까 싸우는 거다.

이겼다고 생각하는 것도 졌다고 생각하는 것도 생각일 뿐 그게
그거다.

사이좋은 오페라와 파랑이.

너희 둘을 어리석은 사람들이 보고 배우면 좋겠다.

파랑이 엄마는
안다

파랑이 귀가 서지 않았다고 사람들이 웃는다.

그래도 파랑이 엄마는 그냥 웃는다.

파랑이가 꼬마 시절 흙을 밥처럼 먹는다고 사람들이 걱정할 때도

파랑이가 밥을 잘 먹지 않아도

파랑이가 온몸에 풀씨를 묻혀 와도

파랑이가 숯검정을 묻혀 와도

파랑이 엄마는 그저 웃는다.

어느 날 세상이 궁금한 파랑이가 울타리를 넘었다.

파랑이 엄마는 생전 처음 들어 보는 큰 소리를 냈다.

세상 밖으로 나갔던 파랑이가 엄마를 따라서 쫄랑쫄랑 들어온다.

무사히 돌아온 파랑이를 모두 반긴다.

울타리 너머 세상은 아이들이 생각하는 것만큼 좋은 곳이 아니

라는 걸 파랑이 엄마는 안다.

생명이 있는 동물은
다 아는 것

나가서 놀자고 애원의 눈빛을 보낸다.

슬프고, 기쁘고, 무섭고, 좋고, 싫고….

생명이 있는 모든 동물이 다 아는 것이다.

인간만의 것이 아니다.

사람들 생각에 따라
길고양이의 삶이 달라진다

내가 사는 곳은 집집마다 개가 있어서 그런지 길고양이가 많지
않다. 그런데 엄마가 살고 계시는 시골 동네에는 길고양이가 많
다. 엄마가 길고양이에게 밥을 주면 집 현관에 옹기종기 모여서
밥을 먹는단다.

밥을 주면 이웃들이 싫어하지 않느냐고 물으니 오히려 좋아한
단다. 고양이들 덕분에 쥐가 없어서 추수해서 곡물을 창고에 넣
어 놔도 걱정이 없다고 좋아한단다.

어느 동네 길고양이는 삶과 죽음 사이에서 외줄타기를 하는데
어느 동네는 이렇게 환대를 받는다.

길고양이의 삶이 사람들의 생각에 따라 이렇게 달라진다.

생명이란 뺏을 수는 있지만
줄 수는 없다

동물도 더울 때는 시원한 곳이 좋고, 추울 때는 따뜻한 곳이 좋고, 비 오는 날에는 보송보송한 곳이 좋다. 털 있는 짐승은 괜찮다는 것은 말이 안 된다. 누구에게나 똑같다.

《숫타니파타》에는 "마치 어머니가 목숨을 걸고 자식을, 하나뿐인 자식을 다치지 않도록 보호하듯이 너희도 모든 살아 있는 것들을 빠짐없이 감싸겠다는 생각을 온전히 지키라."고 적혀 있다.

아픈 이들에 대한 부처님의 자비심은 각별했다. 띠싸라는 비구가 궤양에 걸려 더러운 침대에 누워서 신음하자 부처님은 따뜻한 물로 씻기면서 자상하게 돌봤다.
"나를 시중들듯 그 마음으로 아픈 자들을 돌보도록 하라."

또 사람들이 신을 섬긴다고 동물을 도살하는 광경을 목격하고

는 타일렀다.

"생명이란 뺏을 수는 있지만 줄 수는 없는 것. 모든 생명은 제
목숨을 사랑하며 지키려 애쓴다. 목숨은 경이롭고, 소중하고,
즐거운 것이다. 하찮아 보이는 미물에게도."

오페라처럼

먹을 때면 오페라처럼 맛있게 먹어야지.

먹을 때면 오페라처럼 신나게 먹어야지.

먹으면서 다른 거 생각하는 사람들처럼 먹지 말아야지.

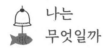 나는
무엇일까

선우가 올해로 여덟 살이 되었다.
365 곱하기 7은 2,555.
정확하게 일곱 살하고 삼 개월이니 이천육백여 일을 같이 있
었다.

선우는 내게
어떤 날은 스승이 되어 주었고,
어떤 날은 도반이 되어 주었다.
선우에게 나는,
무엇일까?

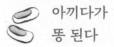 아끼다가
똥 된다

선우가 좀 이상하다. 안절부절못하고, 발바닥에서는 계속 땀이
나고. 저녁 내내 낑낑거리다가 숨을 잦게 몰아쉰다. 사형이랑
쪼그리고 앉아서 토론을 시작했다. 일단 밥은 잘 먹으니 다행
이지만 배가 빵빵한 것이 혹시 무섭다는 자궁축농증이 아닐까?
날 밝으면 병원에 가 보기로 결정을 하고, 배를 슬슬 쓰다듬어
주었다.

선우 나이 여덟 살. 뛰는 것도 둔해진 선우는 이제 앉았다 일어
날 때 관절에서 소리가 난다. 선우 건강을 걱정하다가 얼핏 잠
이 들었는데 선우가 벌떡 일어나더니 다급하게 나를 깨웠다.
불안한 마음으로 밖으로 내보냈다. 쩔쩔 매며 왔다 갔다 하는
선우. 어디가 많이 아픈 걸까?

그때 갑자기 뿌지직 볼일을 보는 선우. 그러더니 자리를 옮겨

또 볼일을 보고, 자리를 또 옮기고…. 아이고, 못살아. 병이 아
니라 변비였던 모양이다. 똥을 치우다 보니 아주 푸짐하다.

그렇게 똥을 실컷 싸고는 들어와서 코를 골면서 편안하게 잔다.
병이 아니어서 너무 좋다. 아끼다가 똥 되고, 똥 참으면 병 된다.

무소의 뿔처럼 가라

계를 받고 처음 맞이한 초하룻날 기도를 하면서 잡념이 끊이지 않았다. 없애려고 하니 더 생겨났다. 맑은 냇물을 나뭇가지로 휘저으면 흙탕물이 되듯 어린 시절부터 친구들 생각까지 머릿속이 잡념으로 꽉 찼다.

그러던 중 빼곡하게 들어앉은 신도들 사이로 머리가 하얗게 새고 허리가 반쯤 굽은 할머니가 불단 앞으로 어렵게 나오시더니 속바지 주머니에서 주섬주섬 지폐를 꺼내 온 마음을 담아서 불단에 올려놓으신다. 그러고는 굽은 허리를 더 굽혀 절을 하신다. 꼬깃꼬깃한 지폐를 세월이 느껴지는 주름이 가득한 곱은 손으로 반듯하게 펴는 할머니. 목탁은 저 혼자서 소리를 내고 나는 목이 메어서 염불이 나오지 않았다. 할머니의 정성과 마음이 내게 무겁게 다가왔다.

나는 할머니에게 복을 줄 수도 없고, 사람들의 소원을 들어줄 수도 없다. 이들에게 복을 줄 수도, 건강과 합격, 사업 번창도 들어줄 수 없다. 마음이 너무나 무거웠다. 그러다가 정신이 번쩍 들었다. 스님이 무슨 수로 복을 주겠는가. 그저 근심을 덜어 줄 뿐. 화가 가득 찬 마음에서 화를 덜어 주고, 슬픔이 가득 찬 마음에서 슬픔을 덜어 주고, 좌절한 사람에게서 좌절을 덜어 낼 수 있을 뿐.

나는 그렇게 세상과 소통하고 호흡하며 살아가는 법을 배워 갔다. 머릿속이 잡념으로 꽉 차도 내 안의 고요함을 유지하려 노력했다. 얽매이지 말고, 욕심 부리지 말고, 미혹에 흔들리지 말고, 집착하지 말고 자유롭게 무소의 뿔처럼 가는 수행자가 되자고.

소리에 놀라지 않는 사자와 같이
그물에 걸리지 않는 바람과 같이
흙탕물에 더럽혀지지 않는 연꽃과 같이
무소의 뿔처럼 혼자서 가라.

《숫타니파타》

오늘 하루가
마지막 남은 하루인 것처럼

선우도 이제 나이가 드나 보다.

달리는 시간보다 걷는 시간이 많아졌고, 펄쩍펄쩍 내달리던 길
을 이제는 계단으로 내려온다. 단숨에 오르던 비탈길도 천천히
숨을 고르며 올라온다.

오늘 하루가 마지막 남은 하루인 것처럼 살아야지.

아침에 눈떠서 잠자리에 들 때까지 나의 스승인 뭇생명에게 고
마움을 전한다.

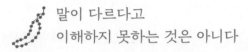

말이 다르다고
이해하지 못하는 것은 아니다

나하고 선우, 파랑이, 오페라는 사용하는 언어가 다르다.

하지만 말이 다르다고 서로를 이해하지 못하는 것은 아니다.

충분히 서로의 마음을 읽고 배려할 수 있다.

소통은 다 같이 마음을 열어 놓았을 때 비로소 가능하다.

틀린 것이 아니라 다르다는 것을 인정하기.

한결같음

윗절에 사는 깜순이는 열두 살 된 노견 어르신이다.

깜순이는 우리를 대하는 모습이 한결같다.

우리가 밥을 갖고 올라간다고 더 반기지도, 빈손이라고 덜 반기

지도 않는다.

한결같은 꼬리 흔들기, 마중 나오기, 배웅하기.

'잠깐만'의 아주 큰 차이

컴퓨터 앞에 앉아 일을 하고 있노라면 훼방꾼들이 나타난다. 훼 방꾼들은 오타를 만들어 낸다.

오페라가 코로 오른쪽 팔을 툭툭 친다. 이상한 한글이 마구 만 들어진다. 지우고 다시 시작할라치면 이번에는 파랑이가 왼쪽 팔을 툭툭 친다. 더 이상한 글자들이 후드득 만들어진다. 키득 키득 웃다가 쳐다보면 양 옆에서 빤히 올려다보고 있다.

"잠깐만 기다려."

그런데 나의 '잠깐만'과 아이들의 '잠깐만'은 아주 큰 차이가 있 는가 보다. 그 순간 두 녀석이 양쪽에서 내 어깨를 짚고 일어서 서는 까칠한 머리에 침 세례를 퍼붓는다. 그제야 나는 손을 멈 춘다. 지금 이 순간을 그리워할 때가 있겠지. 우페라, 좌파랑.

스님,
행복하세요?

"스님, 행복하세요?"

가끔 사람들이 묻는다. 내가 다시 묻는다.

"행복하세요?"

답을 못 하면 다시 묻는다.

"불행하세요?"

"아니요."

그러면 행복한 것이다.

딱히 불행한 것 같지는 않은데 그렇다고 행복한 것 같지도 않은
마음, 그러면 행복한 것이다.

행복에 너무 얽매이지 말아야 한다.

양 볼에 스치는 바람에도 행복하고, 계절마다 옷을 바꿔 입는
산을 봐도 행복한 것이다.

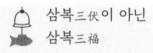
삼복三伏이 아닌
삼복三福

선우와 함께 열 번의 여름을 만났다. 초복, 중복, 말복을 합해 서른 번. 출가하기 전에는 복날이면 엄마가 감자를 갈아서 감자 전을 부쳐 주시고 과일화채를 만들어 주셨다. 출가하고 난 후에 는 절에서 여름음식으로 구할 수 있는 온갖 채소를 넣어서 만든 채개장을 만들어 먹는다. 그런데 그 맛이 고기가 들어가지 않은 것이라 말해 주지 않으면 깜빡 속을 만큼 맛있다.

어린이집 아이들에게도 채개장을 만들어 주어 보았다. 어린이 집 식단은 영양사 선생님이 짜시지만 삼복더위에 아이들에게 도 세 가지 복을 짓게 해 주고 싶어서 부탁드렸다. 그렇게 시작 한 여름철 채개장 만들어 나누어 먹기가 조금씩 발전해서 지금 은 여름 행사로 자리 잡았다.

어르신들도 가마솥에서 푹 끓인 채개장을 맛있게 드신다. 살아

오신 세월만큼 입맛에 고집도 센 분들일 거라 입에 맞을지 걱정
했는데 가마솥에서 지은 밥과 채개장, 겉절이만 내도 행복하게
드신다. 어르신들이 맛있게 채개장을 드실 때면 마음으로 축원
을 드린다. 오늘 생명을 살리신 복으로 오래오래 건강하시라고.
채개장을 통한 삼복三福 프로젝트는 사형과 내가 조급하지 않게
10년째 하고 있는 나비의 작은 날갯짓이다. 이 작은 날갯짓이
좀 더 나은 세상을 만드는 맛있는 시작점이 되었으면 좋겠다.

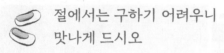 절에서는 구하기 어려우니
맛나게 드시오

맛있는 것을 먹으니 아이들 얼굴에 웃음꽃이 핀다.

절에서는 구하기 어려운 황태니 맛나게 드시오.

남 따라서 그걸
왜 했을까

선우가 어릴 때 "손 줘.", "가져와.", "앉아."를 가르쳤다.

그랬더니 사형이 도대체 그걸 왜 가르치냐고 묻는다.

그러게 별 필요도 없는데 왜 가르쳤을까?

당장 그만뒀다.

그럴 때가 있다. 아무 생각 없이 남들이 하니까 따라하다가 그

걸 왜 했을까 싶을 때가.

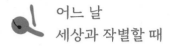

어느 날
세상과 작별할 때

태어나고, 늙고, 병들고, 그리고 죽고. 누구에게나 공평하게 주
어진 네 가지. 각자에게 주어진 시간의 길이는 누구도 알 수 없
고, 마지막 순간이 왔을 때 후회할지 후회하지 않을지는 각자의
노력에 달렸다.

과거를 후회하고, 오지 않은 미래를 걱정만 하며 시간낭비 하지
말고, 지금 이 순간을 충실하게 보내기. 이것이 어느 날 세상과
작별해야 할 때 덤덤히 이별을 맞이할 수 있는 방법일 것이다.
선우네 가족과 매일 늘 같은 길을 걷는다. 봄, 여름, 가을, 겨울.
나무들은 옷만 갈아입을 뿐 늘 그 자리에 있다. 세상은 빠르게
돌아가지만 바위도 늘 제자리를 지킨다.

나와 선우네 가족도 어제 일은 생각하지 않는다. 내일 일도 생
각하지 않는다. 오늘, 지금 이 순간 그저 길을 걷는다.

삶이란

사람들이 삶이 뭐냐고 묻는다.

"삶은… 달걀이에요."

같이 웃는다. 정해진 답은 없다. 주어진 날에 최선을 다할 뿐.

타심통

살아가는데 어찌 좋은 일만 있을까. 수행자인 내게도 어처구니가 없는 일이 생기고, 억울한 일이 생긴다.

그날도 밖에서의 복잡한 일을 다 털어 버리지 못하고 문을 들어서는데 아이들이 내 마음을 용하게 알아차렸다. 내 옆에서 나를 살피는 아이들. 그러더니 서로 어부바를 하고, 높이뛰기 재주를 부리는 통에 웃음이 터지고 말았다. 감춘다고 감추고 들어오는데도 어찌 그리 내 속마음을 꿰뚫어 보는지.

너희들이 진정 타심통(다른 사람의 마음을 꿰뚫어 보는 힘)의 도인들이구나.

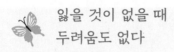

잃을 것이 없을 때
두려움도 없다

권력과 재물을 등지고 살아야 할 스님들이 그것들을 쫓으며 살
아가는 모습을 보면 씁쓸하다. 온갖 존경을 다 받으면서 정작
필요할 땐 아무것도 모르는 사람이 되어 버린다. 좋은 것과 나
쁜 것은 어린 아이도 구분할 줄 아는데, 그들은 모르는 척하는
것인가 정말 모르는 것인가. 손바닥으로 해를 가린다고 가려지
는가. 자기 눈만 가릴 뿐. 아무것도 잃을 것이 없을 때 어떤 두
려움도 없는 법이다.

　　자기야말로 자신의 주인이고
　　자기야말로 자신의 의지할 곳.
　　그러니 말장수가 좋은 말을 다루듯이
　　자기 자신을 잘 다루라.
　　자기야말로 자신의 주인.

　　　　　　　　《법구경》

어린이집 아이들의
유기견 돕기 덕지덕지 저금통

연꽃반 아이들이 네 살 때 입학해서 오롯이 일곱 살이 되었다.
선우, 파랑이, 오페라가 안 보이면 안부를 묻는 아이들.
가을 바자회 날, 아이들이 그린 그림을 보고 눈물을 흘리고 말
았다. 약한 동물을 지켜 주고 싶은 아이들의 마음이 그림에 가득
했다. 아이들이 이렇게나 훌쩍 컸다.
종이접기로 저금통을 만들고, 유기견을 돕겠다고 동전도 모아
왔다. 투명 테이프로 덕지덕지 여러 번 수선한 저금통.
몸도 마음도 건강하게 자라 준 아이들에게 항상 자비와 평화가
가득하기를.

좋은 삶은 그렇게
어려운 일이 아니다

길고양이 때문에 이 좁은 시골도 말이 많고, 심심찮게 들려오는
몹쓸 이야기에 마음이 무겁다. 시골에서도 이런데 도시에서는
어떨까. 길 위에서 살아가는 삶이 고달플 텐데 사람들의 마음속
에 어쩌다가 바늘 끝만큼의 자비도 있을 자리가 없어졌을까.
남을 돕는 것은 어렵지 않다. 부처님은 할 수 있다면 남을 돕고,
그럴 수 없다면 절대 해치지 말라고 했다.

누군가가 길고양의 밥을 챙기는 모습을 보면서 '나는 못하는 것
을 해 주는구나, 복 많이 받으세요.'라고 속으로 생각하는 것만
으로도 남을 돕는 것이다. 길고양이 밥그릇을 엎어 버리는 등
남을 해치는 행동을 절대 하지 않으면 된다.

좋은 삶을 살려고 노력하는 것은 이처럼 그렇게 어려운 일이 아
니다.

나와 너가 아닌
우리 그리고 같이

우리 어린이집 아이들은 다도를 한다. 그런데 어른들보다 훨씬
잘한다. 아이들은 알려 주는 그대로 받아들인다. 차를 마시는
방법을 알려 주면 오롯이 차의 색을 보고, 향기를 맡고, 맛을 느
낀다.

찻잔을 가득 채우면 쏟아지니 다음 잔을 받을 친구를 위해 찻잔
에 어느 정도까지만 따르라고 하면 욕심을 부리지 않는다.

어린이집 아이들과 어린이법회에서 만난 아이들은 모두 혼자
좋은 것보다는 친구들과 함께 좋은 것을 택한다. 또 약한 존재
에 대해서는 어른보다 더 큰 자비심을 보여 준다. 아이들은 '더
불어 같이'의 의미를 이미 알고 있다.

차나 한 잔
마시게

오전 여덟 시쯤이면 나와 사형은 항상 차를 마신다. 그때쯤이면
밖에서 놀던 흰둥이들도 하나둘 들어와 자리를 잡는다. 물 끓는
소리를 듣는 것인지, 시계를 볼 줄 아는 것인지 거의 시계 수준
이다. 차탁을 두고 나와 사형이 마주 보는 옆에서 흰둥이 셋은
나란히 누워 휴식을 취한다.
이보다 더 평화로울 순 없다.

오늘 하루 삶을
대단히 잘 살아 낸 것이다

불을 다 끄고 누워도 달빛이 창으로 들어오는 날, 아직 잠들지 않은 오페라가 보인다. 오페라를 마주 보고 눕는다. 까만 눈으로 내 눈을 가만히 쳐다보던 오페라가 묻는다.

"오늘 하루 잘 사셨어요?"

살면서 수 없이 세우는 계획이 그대로 되는 일은 거의 없다. 그렇다고 실망할 필요는 없다.

계획대로 되지 않았더라도 그 순간 최선을 다했다면, 게으름을 물리치고 해야 할 일을 마쳤다면 오늘 하루 삶을 대단히 잘 살아 낸 것이다.

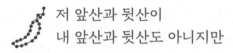

저 앞산과 뒷산이
내 앞산과 뒷산도 아니지만

며칠째 전기톱 소리가 끊이질 않더니 앞산과 뒷산의 나무가 모두 사라져 버렸다. 혼자 우두커니 서 있던 나보다 나이가 많을 법한 소나무도 자취를 감춰 버렸다. 내가 돌보던 나무가 아니었는데도 서운하다.

어린이집 아이들에게 손 씻은 후 휴지 말고 손수건을 사용해야 하는 이유, 종이를 아껴야 하는 이유를 늘 이야기해 주는데 참 무색하다.

저 앞산과 뒷산이 내 앞산과 뒷산도 아니지만 참 쓸쓸하다.

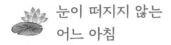 눈이 떠지지 않는
어느 아침

올해는 유독 바람이 많이 불고 춥다. 나랑 사형이야 옷을 더 입으면 된다고 생각해서 춥게 살았는데 오페라가 떨며 웅크리고 있는 모습에 얼른 난로를 꺼냈다.

그러니 집 밖에서, 길에서 사는 생명들은 이 추위에 어찌 살까. 웅크리고 잠들었다가 아침에 눈을 떠서야 죽지 않았음을, 또 하루를 시작해야 함을 알 것이다. 그렇게 하룻밤을 견뎌냈지만 또 추운 하루를 시작해야 한다.
이 동네 산에는 밭을 지키라고 추운 겨울에 밭에 홀로 묶어 두는 개들이 많다. 그러다가 어느 날 눈이 떠지지 않는 아침이 올 것이다. 이런 삶을 살고자 태어난 생명이 있을까.

세상에 인간을 위해 태어난 생명은 없다. 부끄러운 밤이다.

해탈
고양이

어느덧 싸늘해진 가을, 법당에서 들리는 금강경 독송 소리가 경
내에 퍼진다. 그런데 스님이 벗어 놓은 털신 위에 처음 보는 고
등어무늬 회색 고양이가 식빵을 굽고 있다. 내 발소리에도 놀라
지 않고 꿋꿋이 햇볕을 받으며 조는 모습이 왠지 지치고 고달퍼
보인다. 윗동네 노랑 고양이는 집고양이로 한가로이 살던데.

법당 밖으로 들리는 독경 소리와 졸고 있는 고양이. 그런데 누
군가 법당 문을 여는 소리에 그만 고양이는 어디론가 휙 사라
졌다. 어디로 갔을까. 금강경 한 편 들은 인연으로 힘든 이번 생
무사히 마치고 해탈하기를.

홀어머니 곁을 지켜 주는 길고양이

엄마가 오랜만에 오셨는데 집에서 챙기는 길고양이 자랑이 늘어지신다. 엄마가 눈인사를 하면서 "야옹~" 하고 말을 건네면 고양이들도 "야옹~" 하고 대답한단다. 어른 고양이들은 꼭 새끼 고양이를 먼저 먹이고, 가끔은 못 보던 친구 고양이도 데리고 온다며 맘씨도 착하고 의리도 있다고 칭찬하신다.

최소한 열댓 마리는 되는 것 같다. 그래서 고양이들 때문에 밥을 넉넉히 하신단다. 혼자 계시는 엄마의 친구가 되어 주는 고양이들이 참 고맙다. 엄마는 고기를 즐겨 드시지 않는데 고양이들을 위해 생선도 굽고, 고깃국도 끓이신단다. 고양이들 먹을 것이니 소금 간도 하지 않으신단다.

잘 도착하셨는지 묻는 전화 너머 어머니가 우신다. 이틀 집을 비웠더니 눈 내린 마당에 고양이 발자국이 빼곡하단다. 얼마나

당신을 기다렸겠냐고, 배도 많이 고팠을 텐데 얼른 밥을 해서
고양이들 먹인다고 전화를 급히 끊으신다.

고양이 덕분에 혼자 계신 엄마가 끼니를 꼬박꼬박 챙기고, 인적
이 많지 않은 곳인데 말벗도 생겨서 참 고맙다.

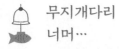

무지개다리
너머…

서양에서는 동물들이 생을 마감하면 무지개다리를 건넌다고
표현한다. 난 이 이야기가 참 좋다. 스님이 이런 생각을 한다고
이상하게 생각해도 어쩔 수 없다.

모든 생명이 언젠가 건널 무지개다리. 어린 시절 나와 인연을
맺었던 병아리, 고양이, 강아지들을 생각하면 눈물도 나지만 죽
어서 외롭지 않을 거라는 생각에 미소도 짓는다.

나를 기다리며 마중 나와 줄 녀석들에게 꼭 물어보고 싶다.

행복했니?

지금 이 순간
행복하고 평화로울 것

심심한 된장국에 따뜻한 밥을 말아서 주면 더할 나위 없이 좋아
한다. 누룽지 바삭하게 만들어서 주면 세상 더 바랄 게 없다는
듯 아삭거리며 잘 먹는다. 책을 읽으면 사방에 한 녀석씩 자리
를 잡고 스르르 잠이 든다. 나도 아이들도 행복하고 평온하다.
나중, 다음이 아니라 지금 이 순간 행복하고 평화로울 것.

해우소 앞
껌딱지

볼일을 보러 해우소에 갔는데 '띠링~' 그림이 도착했다.

우하하하.

내가 들어간 화장실 문 앞에 파랑이, 오페라, 선우가 차례로 나
란히 앉아 있는 모습을 사형이 그려서 보낸 것이다.

껌딱지들.

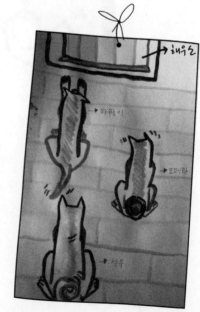

지금 해야 할 일이면 하고,
지금 해야 할 걱정이 아니라면 하지 않는다

스님인 나도 가끔은 게으름을 피우고 싶고, 깊은 사색에 빠질 때가 있다. 그런데 선우네 가족과 살면서는 절대 그렇게 살 수 없다. 매일 일정하게 반복되는 생활을 하는 선우네 가족들이 나를 부지런쟁이로 만든다. 내가 사색에 빠져 헤어 나오지 못할 때면 어디선가 달려와서 내 무릎을 툭툭 친다.

"지금 해야 할 일이면 하고, 지금 해야 할 걱정이 아니라면 하지 않는다."

눈으로 읽었고, 귀로도 들은 말이지만 이걸 실천하게 한 건 책도 스승의 목소리도 아닌 선우네 가족이었다. 세상 어느 것 하나 스승이 아닌 게 없다.

사랑하는 사람은 못 만나서 괴롭고,
미운 사람은 만나서 괴롭다

사랑하는 사람 만들지 마라.

미운 사람도 만들지 마라.

사랑하는 사람은 못 만나서 괴롭고,

미운 사람은 만나서 괴롭다.

그러니 사랑을 일부러 만들지 마라.

마음이 미움의 근원이 되기 쉽다.

《법구경》

세수할 때
코를 만지는 것처럼

'어떻게 하지?'

생각지도 못했던 일과 맞닥뜨릴 때가 있다.

이럴 때 할 수 있는 것은 딱 두 가지.

지금 할 수 있는 일이라면 바로 행동으로 옮기기.

할 수 없는 일이라면?

과감하게 포기하기.

그리고 중요한 것은 '어떻게 하지?'라고 생각했던 것조차 지워

버리기.

쉽지 않은 일이다.

하지만 세수할 때 코를 만지는 것처럼 아무렇지도 않게 되는 일

이기도 하다.

삶과 죽음이
들숨과 날숨 사이에 있다

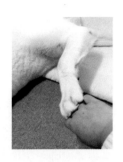

얼마 전부터 선우는 거의 실내에서 생활을 하고, 파랑이가 선우
가 있던 바깥자리에서 하루를 보낸다.

선우는 뛰는 것이 많이 느려진 반면 능청스러움은 늘었다. 먹자
는 말은 기가 막히게 알아들으면서 그만 놀고 들어가자는 말은
못 들은 척한다. 목욕이라는 단어는 듣기만 해도 스윽 일어나
자리를 피한다. 만사가 귀찮은지 새끼들이 장난을 걸어도 그냥
둔다.

이렇게 내가 선우 나이듦의 변화를 눈치챈 것처럼 무지개다리
건너려고 준비할 때도 알아차릴 수 있으면 좋겠다. 삶과 죽음이
들숨과 날숨 사이에 있음을 알지만 아는 것과 직접 겪는 것은
다르다. 그때도 평상심을 잃지 않기를.

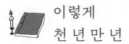 이렇게
천 년 만 년

설날이라고 절에 오신 엄마가 강아지들 설 선물인 간식과 세뱃
돈을 주신다.

"선우야, 나이 먹지 말고 천 년 만 년 살자. 나이 먹으면 안 된
다. 알았지?"

천 년 만 년이라. 엄마도 이제 곧 팔순이신데 선우 나이 먹는 것
을 걱정하신다.

엄마는 옛날 분이시라 사랑한다는 말을 하지 않으셨는데 선우
네 식구들하고 있을 때는 사랑한다는 말을 자연스럽게 하신다.
그것뿐이랴. 치맛자락에 스치기만 해도 "미안해.", 잘 먹으면
"잘 먹어 줘서 고마워."를 연발하신다.

눈이 침침하다 하시면서도 나랑 사형 쓰라고 모자를 뜨시는 건
우리에게 말로는 못해도 당신만의 사랑 표현이실 것이다.

하아, 이렇게 천 년 만 년.

누구나 손톱 밑에
가시가 박힌 채 산다

누구나 손톱 밑에 가시가 하나쯤 박힌 채 산다. 나도 그랬다. 내가 지켜 주지 못하고 아프게 떠나보낸 두 아이 중 은비는 아픈 개였다. 새끼일 때 차 옆에서 놀다가 차가 출발하는 바람에 왼쪽 앞발이 부서졌다. 병원에 데리고 갔지만 다친 발이 자라지 않을 수 있다고 했다. 역시 다 컸는데도 다친 발은 제대로 자라지 못해서 걸을 때도 다리를 절었고, 달릴 때도 기우뚱거렸다. 하지만 호기심은 왕성해서 호시탐탐 대문 밖으로의 탈출을 노렸다. 물론 탈출 성공률은 높지 않았다. 은비의 다리가 불편한 건 우리에게 큰 문제가 되지 않았다. 은비도 우리도 행복했다. 생각지도 못한 이별이 찾아올 때까지.

출가를 하고 내가 절에 있는 사이 차에 실려 어디론가 팔려 간 단비와 은비. 급작스런 이별과 슬픔이 손톱 밑에 가시로 박혔다. 아픈 기억을 끌어안은 채 행자 시절과 강원 시절 4년을 보냈다. 두 아이를 책임지지 못했다는 죄책감에 힘들었다. 죄책감과 슬픔은 시간이 지나도 희미해지지 않았다. 바쁘면 잠시 잊었지만 불이 꺼지고 고요한 밤이 되면 더 선명하게 생각났다. 마지막으로 차에 타고 떠날 때 어떤 마음이었을까, 어디로 가는지도 모르고 차에 올랐을 텐데.

시간이 지나면서 손톱 밑 가시에도 굳은살이 생겼다. 건드리면 아리게 아프지만 가만두면 견딜 수 있는 만큼의 굳은살. 누가, 왜 단비와 은비를 데리고 갔는지 더 이상 궁금하지도 않게 되었다. 그 사람에게는 개를 파는 것이 별일이 아니었을 테니 그렇게 했을 것이고, 그것이 타인에게는 아픔이라는 것을 몰랐을 것이다.

그런데 어느 새 언제까지나 그대로 있을 것 같았던 손톱 밑의 가시가 뽑혔다. 손을 대지 못하고 있었는데 마음을 바꾸니 아픔을 느낄 새도 없이 순식간에 뽑혔다. 가시를 뽑는 데는 선우네 가족이라는 네 발 의사 선생님의 도움이 컸다. 네 발의 의사 선생님들은 손톱 밑 가시를 살짝 밀어내고 약을 발라 주었다.

겨울

법정 스님이 들려준
임제 선사 이야기

임제 선사는 말했다.

"함께 도를 닦는 벗들이여, 부처를 최고의 목표로 삼지 말라. 내가 보기에는 부처도 한낱 똥 단지와 같고, 보살과 아라한은 죄인의 목에 거는 형틀이요, 이 모두가 사람을 구속하는 물건이다."

우리를 부자유하게 만드는 것들로부터 단호히 벗어나라고 임제는 요구했다. 다시 말해 탈종교다. 종교의 틀에서 벗어나라는 것이다. 그러면 무엇이 남는가. 그 남는 것이 바로 진정한 종교의 세계다. 이런 의미에서 임제는 가장 종교적인 사람이었다.

거죽의 세계에서, 껍데기에서 다 벗어나라. 왜 남에게 의지하고, 타인의 졸개가 되려 하는가. 부처라 하더라도, 성인이라 하더라도 그는 타인일 뿐이다. 그 가르침을 통해서, 그 자취를 통해서 오직 내 길을 갈 수 있어야 한다.

불교는 부처를 믿는 종교가 아니다. 스스로 부처가 되는 길이다. 새로운 부처가 필요한 것이지 인류에게 똑같은 존재는 필요 없다. 임제는 말한다.

"언제 어디서나 주체적일 수 있다면 서 있는 곳이 모두 참된 곳이다."

어디서나 주인 노릇을 하라는 것이다. 소도구로서, 부속품으로서 처신하지 말라는 것이다. 어디서든지 주체적일 수 있다면 그곳이 곧 진리의 세계라는 뜻이다.

존재하는 모든 것은
사라진다

유난히 짧았던 봄, 슬픈 소식이 전해졌다. 선우의 아이들 중 가장 먼저 입양 갔던 강토가 떠났다는 소식이었다. 제일 건강한 아이였다. 그래서 아파서 병원에 갔다는 소식에도 큰 걱정을 하지 않았는데 바로 슬픈 소식이 전해진 것이다. 강토 나이 여섯 살. 뭐든 잘 먹는 강토를 주려고 만든 간식이 아직 우리 냉동실에 있는데 전해 주지 못했다. 죽음이란 무엇일까?

오페라가 입 주변을 다친 적이 없는데, 어느 날 보니 입 주변에 흉터가 있었다. 뭐지? 아프게 이별했던 은비에게도 같은 부위에 상처가 있었다. 뱀한테 물리는 바람에 병원에서 살을 째서 독을 빼낸 후 꿰매서 생긴 상처였다. 똑같은 자리에 상처 자국이 선명한 걸 보고 나는 단비와 은비가 오페라와 파랑이로 환생한 게 아닐까란 생각을 했다. 강아지 자매로 다시 우리 곁으로 와준 거라면 반갑고, 10년이라는 긴 세월을 돌아서 올 때까지 얼마나 고단했을까 생각하니 미안했다. 물론 "그런 일이 어딨어?"라고 한다면 딱히 증명할 방법은 없다.

나는 죽음에 관해 고민할 때 불교의 지혜와 자비를 잘 보여 주는 키사 고타미의 일화를 생각한다.

불우하고 가난한 여인인 키사 고타미는 결혼해서 아들을 낳았는데 아기는 걸음마도 하기 전에 병에 걸려 죽었다. 아기의 죽음으로 여인은 형언할 수 없는 비탄에 잠겼다.

슬픔에 정신이 나간 여인은 아기를 살려낼 약을 구하러 다니지만 누구도 시체에 생명을 불어넣지 못했다. 마침내 부처님께 이른 여인은 죽은 아기를 부처님의 발아래 내려놓으면서 살려 달라고 애원했다.

"여인이여! 마을에 가서 겨자씨를 얻어 오면 아기를 살려 주겠습니다. 단, 사람이 한 번도 죽은 적이 없는 집에서 얻어와야 한다는 것을 잊지 마십시오."

여인은 겨자씨를 구하기 위해 집집마다 찾아다녔다. 마을 사람들은 안타까운 마음에 겨자씨를 나눠 주려고 했지만 어느 집도 사람이 한 번도 죽지 않은 집은 없었다. 겨자씨를 얻지 못하고 돌아온 여인에게 부처님께서 말씀 하셨다.

"당신은 혼자만 아이를 잃었다고 생각했습니다. 하지만 살아 있는 모든 생명은 영원히 살지 못한다는 것이 죽음의 법칙입니다."

부처님은 그렇게 우리에게 '존재하는 모든 것은 사라진다.'는 가르침을 주었다. 만물이 생동하는 봄날 강토와의 이별에 눈물을 쏟고, 단비와 은비의 환생일까 갸웃거리면서, 부처님의 가르침을 곱씹는다.

동물과 이야기하는 여자

SBS 〈TV 동물농장〉에 출연해 화제가 되었던 애니멀 커뮤니케이터 리디아 히비가 20년간 동물들과 나눈 감동의 이야기. 병으로 고통받는 개, 안락사를 원하는 고양이 등과 대화를 통해 문제를 해결한다.

개, 고양이 사료의 진실

미국에서 스테디셀러를 기록하고 있는 책으로 반려동물 사료에 대한 알려지지 않은 진실을 폭로한다. 2007년도 멜라민 사료 파동 취재까지 포함된 최신판이다.

우리 아이가 아파요! 개·고양이 필수 건강 백과

새로운 예방접종 스케줄부터 우리나라 사정에 맞는 나이대별 흔한 질병의 증상·예방·치료·관리법, 나이 든 개, 고양이 돌보기까지 반려동물을 건강하게 키울 수 있는 필수 건강백서.

개·고양이 자연주의 육아백과

세계적인 홀리스틱 수의사 피케른의 개와 고양이를 위한 자연주의 육아백과. 40만 부 이상 팔린 베스트셀러로 반려인, 수의사의 필독서. 최상의 식단, 올바른 생활습관, 암, 신장염, 피부병 등 각종 병에 대한 대처법도 자세히 수록되어 있다.

임신하면 왜 개, 고양이를 버릴까?

임신, 출산으로 반려동물을 버리는 나라는 한국이 유일하다. 세대 간 문화충돌, 무책임한 언론 등 임신, 육아로 반려동물을 버리는 사회현상에 대한 분석과 안전하게 임신, 육아 기간을 보내는 생활법을 소개한다.

개 피부병의 모든 것

홀리스틱 수의사인 저자는 상업사료의 열악한 영양과 과도한 약물사용을 피부병 증가의 원인으로 꼽는다. 제대로 된 피부병 예방법과 치료법을 제시한다.

개가 행복해지는 긍정교육

개의 심리와 행동학을 바탕으로 한 긍정교육법으로 50만 부 이상 판매된 반려인의 필독서. 짖기, 물기, 대소변 가리기, 분리불안 등의 문제를 평화롭게 해결한다.

나비가 없는 세상
(어린이도서연구회에서 뽑은 어린이·청소년 책)

고양이 만화가 김은희 작가가 그려내는 한국 최고의 고양이 만화. 신디, 페르캉, 추새. 개성 강한 세 마리 고양이와 만화가의 달콤쌉싸래한 동거 이야기.

깃털, 떠난 고양이에게 쓰는 편지

프랑스 작가 클로드 앙스가리가 먼저 떠난 고양이에게 보내는 편지. 한 마리 고양이의 삶과 죽음, 상실과 부재의 고통, 동물의 영혼에 대해서 써 내려간다.

사람을 돕는 개
(한국어린이교육문화연구원 으뜸책, 학교도서관저널 추천도서)

안내견, 청각장애인 도우미견 등 장애인을 돕는 도우미견과 인명구조견, 흰개미탐지견, 검역견 등 사람과 함께 맡은 역할을 해내는 특수견을 만나본다.

인간과 개, 고양이의 관계심리학

함께 살면 개, 고양이와 반려인은 닮을까? 동물학대는 인간학대로 이어질까? 248가지 심리실험을 통해 알아보는 인간과 동물이 서로에게 미치는 영향에 관한 심리 해설서.

치료견 치로리 (어린이문화진흥회 좋은 어린이책)

비 오는 날 쓰레기장에 버려진 잡종개 치로리. 죽음 직전 구조된 치로리는 치료견이 되어 전신마비 환자를 일으키고, 은둔형 외톨이 소년을 치료하는 등 기적을 일으킨다.

펫로스 반려동물의 죽음 (아마존닷컴 올해의 책)

동물 호스피스 활동가 리타 레이놀즈가 들려주는 반려동물의 죽음과 무지개다리 너머의 이야기. 펫로스(pet loss)란 반려동물을 잃은 반려인의 깊은 슬픔을 말한다.

차라리 개인 게 낫겠어

암에 걸린 암 수술 전문 수의사가 동물 환자들을 통해 배운 질병과 삶의 기쁨에 관한 이야기가 유쾌하고 따뜻하게 펼쳐진다.

강아지 천국

반려견과 이별한 이들을 위한 그림책. 들판을 뛰놀다가 맛있는 것을 먹고 잠들 수 있는 곳에서 행복하게 지내다가 천국의 문 앞에서 사람 가족이 오기를 기다리는 무지개다리 너머 반려견의 이야기.

고양이 천국 (어린이도서연구회에서 뽑은 어린이·청소년 책)

고양이와 이별한 이들을 위한 그림책. 실컷 놀고 먹고, 자고 싶은 곳에서 잘 수 있는 곳. 그러다가 함께 살던 가족이 그리울 때면 잠시 다녀가는 고양이 천국의 모습을 그려냈다.

버려진 개들의 언덕

인간에 의해 버려져서 동네 언덕에서 살게 된 개들의 이야기. 새끼를 낳아 키우고, 사람들에게 학대를 당하고, 유기견 추격대에 쫓기면서도 치열하게 살아가는 생명들의 2년간의 관찰기.

유기동물에 관한 슬픈 보고서 (환경부 선정 우수환경도서)
어린이도서연구회에서 뽑은 어린이·청소년 책 한국간행물윤리위원회 좋은 책, 어린이문화진흥회 좋은 어린이책)

동물보호소에서 안락사를 기다리는 유기견, 유기묘의 모습을 사진으로 담았다. 인간에게 버려져 죽음을 당하는 그들의 모습을 통해 인간이 애써 외면하는 불편한 진실을 고발한다.

개에게 인간은 친구일까?

인간에 의해 버려지고 착취당하고 고통받는 우리가 몰랐던 개 이야기. 다양한 방법으로 개를 구조하고 보살피는 사람들의 이야기가 그려진다.

인간과 동물, 유대와 배신의 탄생
(환경부 선정 우수환경도서)

미국 최대의 동물보호단체 휴메인소사이어티 대표가 쓴 21세기 동물해방의 새로운 지침서. 농장동물, 산업화된 반려동물 산업, 실험동물, 야생동물 복원에 대한 허위 등 현대의 모든 동물학대에 대해 다루고 있다.

후쿠시마에 남겨진 동물들
(미래창조과학부 선정 우수과학도서, 환경부 선정 우수환경도서, 환경정의 청소년 환경책 권장도서)

2011년 3월 11일, 대지진에 이은 원전 폭발로 사람들이 떠난 일본 후쿠시마. 다큐멘터리 사진작가가 담은 '죽음의 땅'에 남겨진 동물들의 슬픈 기록.

후쿠시마의 고양이 (한국어린이교육문화연구원 으뜸책)

2011년 동일본 대지진 이후 5년. 사람이 사라진 후쿠시마에서 살처분 명령이 내려진 동물들을 죽이지 않고 돌보고 있는 사람과 함께 사는 두 고양이의 모습을 담은 평화롭지만 슬픈 사진집.

용산 개 방실이 (어린이도서연구회에서 뽑은 어린이·청소년 책 평화박물관 평화책)

용산에도 반려견을 키우며 일상을 살아가던 이웃이 살고 있었다. 용산 참사로 갑자기 아빠가 떠난 뒤 24일간 음식을 거부하고 스스로 아빠를 따라간 반려견 방실이 이야기.

야생동물병원 24시 (어린이도서연구회에서 뽑은 어린이·청소년 책 한국출판문화산업진흥원 청소년 북토큰 도서)

로드킬 당한 삵, 밀렵꾼의 총에 맞은 독수리, 건강을 되찾아 자연으로 돌아가는 너구리 등 대한민국 야생동물이 사람과 부대끼며 살아가는 슬프고도 아름다운 이야기.

동물원 동물은 행복할까?
(환경부 선정 우수환경도서, 학교도서관저널 추천도서)

동물원 북극곰은 야생에서 필요한 공간보다 100만 배, 코끼리는 1,000배 작은 공간에 갇혀서 살고 있다. 야생동물보호운동 활동가인 저자가 기록한 동물원에 갇힌 야생동물의 참혹한 삶.

동물 쇼의 웃음 쇼 동물의 눈물 (한국출판문화산업진흥원 청소년 권장도서, 한국출판문화산업진흥원 청소년 북토큰 도서)

동물 서커스와 전시, TV와 영화 속 동물 연기자, 투우, 투견, 경마 등 동물을 이용해서 돈을 버는 오락산업 속 고통받는 동물들의 숨겨진 진실을 밝힌다.

고등학생의 국내 동물원 평가 보고서
(환경부 선정 우수환경도서)

인간이 만든 '도시의 야생동물 서식지' 동물원에서는 무슨 일이 일어나고 있나? 국내 9개 주요 동물원이 종보전, 동물복지 등 현대 동물원의 역할을 제대로 하고 있는지 평가했다.

똥으로 종이를 만드는 코끼리 아저씨
(환경부 선정 우수환경도서, 한국출판문화산업진흥원 청소년 권장도서, 서울시교육청 어린이도서관 여름방학 권장도서, 한국출판문화산업진흥원 청소년 북토큰 도서)

코끼리 똥으로 만든 재생종이 책. 코끼리 똥으로 종이와 책을 만들면서 사람과 코끼리가 평화롭게 살게 된 이야기를 코끼리 똥 종이에 그려냈다.

채식하는 사자 리틀타이크
(아침독서 추천도서, 교육방송 EBS〈지식채널e〉 방영)

육식동물인 사자 리틀타이크는 평생 피 냄새와 고기를 거부하고 채식 사자로 살며 개, 고양이, 양 등과 평화롭게 살았다. 종의 본능을 거부한 채식 사자의 9년간의 아름다운 삶의 기록.

햄스터

햄스터를 사랑한 수의사가 쓴 햄스터 행복·건강 교과서. 습성, 건강관리, 건강식단 등 햄스터 돌보기 완벽 가이드.

개.똥.승.

네 발 달린 도반들과 스님이
들려주는 생명 이야기

초판 1쇄 2016년 11월 13일

글·사진 진엽

펴 낸 이 김보경
펴 낸 곳 책공장더불어

편　　집 김보경
교　　정 김수미

디 자 인 나디하 스튜디오(khj9490@naver.com)
인　　쇄 정원문화인쇄

책공장더불어

주　　소 서울시 종로구 혜화동 5-23
대표전화 (02)766-8406
팩　　스 (02)766-8407
이메일 animalbook@naver.com
홈페이지 http://blog.naver.com/animalbook
출판등록 2004년 8월 26일 제300-2004-143호

ISBN 978-89-97137-22-0 (03810)

*잘못된 책은 바꾸어 드립니다.
*값은 뒤표지에 있습니다.